가을 순

가을 순

2023년 11월 25일 인쇄
2023년 11월 30일 발행

지은이   진영숙
그 림   정예은
펴낸이   손정순
펴낸곳   열림문화
　　　　주소 제주특별자치도 제주시 청귤로 15
　　　　전화 (064)755-4856
　　　　팩스 (064)755-4855
　　　　이메일 sunjin8075@hanmail.net
　　　　인쇄 선진인쇄

ISBN   979-11-92003-40-5 (03800)
값   15,000원

※ 이 책은 국가문화예술진흥회, 제주문화예술재단, 제주특별자치도의
　　창작 지원금을 받아 제작하였습니다.

가을 순

진 영 숙 수필집

그 한마디가

결혼 초기 부부싸움을 한 후,
친정에 간 적이 있습니다.
어머니가 차려준 밥을 먹고 뒷이야기를 했습니다.

원인은 기억나지 않지만, 이 서방과 싸웠는데
"나는 당신이랑 더 이상 안 살 거야.
아들 둘은 이 씨니까 당신이 데리고 가요.
나는 총각 만나서 새 출발 할 테니까요."

"오-게-(그럼 그럼)!"
잠시의 망설임도 없이 어머니가 대답했습니다.
그때 결심했습니다.
'앞으로 무슨 일이 있어도 걱정을 끼치지 말아야지.',
'이 서방과 이씨 성을 가진 두 아들하고 잘 살아야지.'

그 뒤로 어머니가 들어서 힘들어할 이야기는 하지 않았습니다.
행복하고 좋은 이야기만 했습니다.
모르긴 해도 나름 짐작은 하고 있었을 테지요.

아직도 어머니와 나의 심리적 탯줄은 연결되어 있나 봅니다.
저의 글, 많은 부분이 어머니입니다.
'어머니의 의자'로 등단하고
나의 첫 작품집 이름 '가을 순'도 어머니의 이야기입니다.

가보지 않은 길을 가려면 누군가의 발자국을 따라가야 합니다.
참 따뜻하고 친절한 안내자를 만나 여기까지 왔습니다.
수필은 감성과 이성을 넘어 영성의 글을 써야 한다는
가르침에는 한참을 못 미치고,
아직 올라야 할 산은 높아만 보입니다.

함께 한 글 벗님들 고맙습니다.
내 글의 주인공 가족들 사랑합니다.

2023년 11월
진 영 숙

Contents

Rremember 2

껍질을 깨는 아이

Rremember 3

여뀌와 메꽃

Rremember 4

커플 운동화

Rremember 5

가을 순

문학평론가, 제주대 명예교수, 『수필오디세이』 발행인

1

Rremember

내 친구

이삿짐을 싸다 친구가 준 시집 메모에 눈이 갔다
'꽃처럼 아름다운 여자 되어라.'

친구는 시부모와 한 집에서 신접살림을 시작하였다
작고 가녀린 몸으로 아들 둘, 딸 둘을 낳고
며느리와 아내, 어미노릇을 하느라 병이 났다

어느 날, 친구가 디스크 수술을 하고 모임에 나타났다
굽은 허리로 어정쩡하게 걷는 모습을 보며
알에서 깬 새끼들을 며칠 동안 등에 업고 다니다가
자신을 다 내어주는 늑대거미를 떠올렸다

열정과 감성으로 멋진 꿈을 키우던 여고 시절 친구,
그 가련한 여자의 운명 앞에 나는 할 말을 잊었다

고구마

            얼마 만인가, 볕이 좋은 날이다. 봄이 되어도 변덕스러운 날씨 탓에 좀처럼 문을 열 수가 없었다. 겨우내 묵은 공기를 내보내고 새 공기를 들이려고 모든 문을 활짝 열어 놓았다.

    "쾅쾅쾅"

    누군가 현관문을 두드린다. '벨 고장입니다. 문을 두드리든지 전화를 주세요.' 며칠 전 초인종이 고장 나자, 남편은 메모지에다 이렇게 써 붙여 놓았다. 문을 열어보니 청소 아주머니였다. 가스레인지에 음식을 얹어놓고 타는 건 아닌지 계단 청소를 하다가 걱정이 되어서 문을 두드렸단다.

문틈으로 오븐에 얹어 놓은 군고구마 냄새가 새 나갔나 보다. 마침 노릇노릇 잘 구워진 고구마 반을 싸 드렸다. 내가 고구마를 다시 먹기 시작한 지는 오래되지 않았다. 친정에서 갖고 온 고구마는 썩혀 버리거나, 자원해서 지인들에게 떠맡기는 것이 나의 고구마에 대한 대접이었다.

몇 해 전 지인으로부터 저녁 초대를 받았다. 정성을 다하여 준비된 저녁을 먹고 후식으로 오븐에 구워진 고구마를 내왔다. 노란 속살을 드러낸 말랑말랑한 고구마의 달콤한 맛은 내가 기억하는 그 맛이 아니었다.

이 맛있는 고구마의 출처를 알아보았다. 뜻밖에도 그것은 바로 내가 준 고구마였다. 그 이후, 고구마 박스를 남쪽 베란다 햇볕이 들고 바람이 잘 통하는 좋은 자리를 내어주었다. 해가 바뀌고 적당히 숙성된 고구마는 비로소 진가를 드러내기 시작한다.

자갈과 수분이 많은 제주의 토양에서 자란 물고구마는 울퉁불퉁한 모양도 그렇지만 심심한 맛이 나의 미각을 자극하지 못했다. 초등학교 시절 수업이 끝나고 오리나 되는 하굣길을 단숨에 걸어 집에 도착하면 유일하게 먹을 수 있는 간식이 찐 고구마였다. 그것은 마지못해 배고픔을 달래는 수단에 불과했다. 한 달에 두어 번 고구마를 숭숭 썰어 넣고 만든 메밀 범벅도 영 마음에 들지 않았다.

오월, 베란다의 고구마는 바싹 말라서 속에는 작은 줄기들이 돋아나고 겉은 붉은빛을 잃고 쭈글쭈글 혈관처럼 심줄이 드러난다. 수분이 다 빠진 고구마는 어머니를 닮았다. 마지막까지 주고 싶은 어머니의 마음이 닮았고, 자식들을 위해 헌신한 날에 보상 없이 쭈글쭈글해진 어머니의 손 주름이 닮았다.

  한낱 음식물 쓰레기처럼 보이는 고구마에서 조그만 싹이 나기 시작했다. 대접에 물을 붓고 담가 주었더니 하루가 다르게 쑥쑥 싹이 자랐다. 아직도 못다 한 소임이 있나 보다. 고구마는 잎과 줄기, 뿌리는 물론이고 껍질에는 미네랄이 풍부하여 항암효과에도 뛰어나다고 한다.

  올해도 여느 해처럼 어머니는 구부러진 허리와 주름진 손으로 고구마를 집 어귀에 있는 밭에다 심으셨다. 이제 그만하라는 자식들의 성화에도 막무가내이다. 어머니의 깊은 속뜻을 어찌 헤아릴 수 있을까. 어머니의 몸에서 우리 일곱 남매가 태어나 잘 자라왔듯이, 줄기를 심으면 줄줄이 매달려 나올 고구마를 생각하며, 어머니의 호미질이 더 빨라졌을 테지.

목련

　　목련이 꽃망울을 밀어내고 있었다. 코끝을 스치는 바람은 여전히 매서웠다. 나는 '목련꽃 그늘 아래서…'를 흥얼거리며 오일장으로 향하였다. 오랜만에 설레는 마음으로 장바구니와 작은 수레를 챙겨 들었다.

　　오일장 입구에서부터 자동차가 길게 늘어서 있었다. 복잡한 곳을 싫어하는 성미라서 서둘러 오전 시간에 출발한 것이 그나마 다행이었다. 차에서 내리자마자 사과가 한 보따리에 만 원이라고 써 붙여진 트럭이 보였다. 벌써 마음은 부자가 되어 있었다. 뻥튀기 가게를 지나자, 생선 시장의 비릿한 냄새가 나를 반갑게 맞아 주었다.

봄맞이로 꽃모종 가게는 사람들로 북적거렸다. 잠시 발을 멈추고 어깨너머로 제라늄과 데이지, 아자리아 등 봄꽃들의 잔치에 넋을 잃고 있었다. 집안에 나뒹구는 화분에 새로운 주인을 찾아주고 싶어서 게발선인장과 꽃기린 화분을 샀다.

꽃가게 옆 수족관 앞에서 주인과 손님의 대화를 슬쩍 엿듣는 것도 뜻밖의 소득이었다. 얼마 전에 분양받은 구피를 제대로 키우고 있는지 확인받고 싶은 마음에서였다. 먹이는 얼마나 주어야 하는지, 물의 온도는 어떻게 맞춰야 하는지 등등이 궁금하던 차였다.

어릴 적 어머니가 만들어 주었던 음식들이 생각나서 콩가루와 팥을 사고 아들들에게 보낼 밑반찬과 천혜향도 샀다. 그냥 지나치지 못해 하나둘 산 물건들로 장바구니는 가득 찼고 작은 수레바퀴는 힘에 겨워 삐걱거리며 비명을 질러댔다. 돌아 나오는 길에 뻥튀기 가게에 들러 세 봉지를 집었다가 두 봉지를 내려놓았다. 먹지 않고 버릴 것을 왜 사 오냐는 남편의 핀잔이 머리를 스쳤다. 입맛을 자극하는 새로운 간식에 밀려 매번 눅눅해져서 이리저리 구르다 결국은 버려지는 것이 뻥튀기가 아니었던가. 그래도 그냥 지나치지 못하는 이유는 할머니와의 추억 때문이었다.

할머니는 한 많은 삶을 사셨다. 70년 전에 일어난 4·3 사건. 면사무소 직원이셨던 할아버지는 무장 세력에 끌려가 유명을 달리하셨다. 할머니는 그때 서른여덟의 나이에 아들 셋, 딸 하나를 둔 청상과부가 되었고, 그 충격으로 전신이 마비되어 몸을 제대로 움직일 수 없는 장애로 평생을 사셔야 했다.

나는 언니들을 따라 할머니의 머리를 곱게 빗겨서 비녀를 꽂아 드리거나, 손톱과 발톱을 깎아 드리고, 세숫대야에 따뜻한 물을 담아 할머니의 목에다 수건을 두르고 얼굴과 발을 씻겨 드리곤 하였다. 스스로 음식을 만들 수 없던 할머니는 드시고 싶은 것도 많아서 할머니가 일러 주는 대로 음식을 만들어 드리기도 하였다.

가진 것도 없고 많이 배우지도 못하였으며, 건강하지도 않은 할머니는 다른 할머니들처럼 존경의 대상이 아니었다. 고부간의 갈등도 심했다. 거동이 불편한 시어머니를 모시는 어머니의 불평을 심심찮게 듣고 살았다. 무뚝뚝한 아버지는 할머니를 살뜰하게 챙겨드리지도 않았다. 아마도 가족 모두가 감당해야 할 삶의 무게가 버거웠으리라.

그나마 달콤한 기억이 있다면, 할머니를 뵈러 온 친척들이나 지인들이 사다 준 복숭아 통조림과 뻥튀기 과자, 눈깔사탕을 벽장 속에 숨겨두었다가 적절한 때에 나눠 준 일이었다. 뻥튀기 과자를 열 손가락에 꽂아 놓고 한 개씩 바삭거리며 빼먹는 모습을 할머니는 당신께서 먹는 것보다 더 즐거워했다. 시간이 지나면 뻥튀기 과자는 습기를 머금어 입에 넣자마자 흔적도 없이 사라졌다. 그 아련한 맛이 그리워졌다.

그 시절, 멋지지도 않고 대단하지도 않은 일상을 할머니와 함께 만들어 갔다. 몸이 불편한 할머니 덕분에 우리 집은 동네 어르신들의 참새 방앗간이 되었다. 지금 생각해 보면 시시콜콜한 이야기들이었지만 그때는 마냥 흥미진진했었다.

할머니는 친구들이 전해준 마을에 있었던 이야기를 들려주고, 나는 학교에서 일어났던 하루의 이야기를 할머니에게 전해드렸다. 할머니는 내가 넓은 세상을 만나는 또 다른 통로가 되어주셨다. 농사일로 바쁜 부모님의 부재를 할머니의 존재만으로도 넉넉히 채워주었고 적극적인 지지자이자 공감자가 되어 주셨다.

가끔은, 나의 하루를 너무도 소상하게 어머니와 아버지에게 이르는 바람에 야단을 맞기도 했다. 그런 날이면, 할머니가 불러도 못 들은 척하며 며칠간 냉전을 벌이기도 하였다. 또 어떤 날은 이르지 않는다는 조건을 걸고 할머니의 요구를 들어드리기도 하였다.

오늘처럼 따사로운 봄볕이 내리쬐는 날이면, 할머니는 불안한 걸음으로 양지를 찾아 자리를 옮기셨다. 그러고는 내가 움직이는 대로 할머니의 마음과 눈은 나를 따라다니셨다.

정오의 햇빛을 받아 따뜻해진 차 안. 집으로 돌아오는 내 마음엔 할머니의 얼굴을 닮은 목련이 활짝 피어 있었다.

꼬부기와
폼생이

      내 핸드폰에는 이쁜꼬부기와 이쁜폼생이 라는 애칭으로 저장해 놓은 녀석들이 있다. 사실 예뻐서 그렇게 저 장해 놓은 것은 아니다. 호적에서 이름을 파내버리는 법이 있다면 골백번도 파냈을 녀석들이다. 두 아들의 애칭을 이렇게 바꾼 시기 는 원수도 그런 원수가 없는 사춘기의 절정기였다.

    특히 부자간의 관계는 파국으로 치닫곤 했다. 별 시답잖은 사 안에 본질은 사라지고 불꽃이 튀었다. 서로 파 놓은 상처가 채 아 물기도 전에 또다시 오가는 말들은 새로운 생채기를 냈다. 다시는 마주하지 않을 것 같았다. 그러나 얼마 지나지 않아 헤헤거리며 잘 지내는 남편과 아이들을 보면서 나는 다른 세상을 경험했다.

나쓰메 소세키의 소설 『나는 고양이로소이다』를 보니, 저녁 식사 시간에 주인집 세 딸이 난장판을 벌인다. 고양이인지 인간인지 헷갈리는 건방진 고양이는 주인을 향해 '쓸데없는 것을 만들어서 스스로 고생하는 자.'라고 했다. 나는 이 책을 읽으면서 고약한 고양이의 생각에 동의하고 말았다. 오죽하면 무자식이 상팔자라느니 가지 많은 나무에 바람 잘 날 없다는 말이 있을까.

이쁜꼬부기는 큰아들의 애칭이다. 꼬부기는 애니메이션 포켓몬 스터에 나오는 캐릭터이다. 태어날 때부터 행동이 느려서 내가 붙인 별명이다. 잘 보채지도 않고 느긋했다. 목 가누기와 걷는 것도 느렸다. 1월에 태어난 녀석은 한 살을 더 먹은 친구들과 같이 학교에 들어갔는데 지금 생각해 보면 학교를 왜 가야 하는지조차 몰랐던 것 같다. 초등학교 1학년 하교 시간에, 학교 정문 앞에서 기다리고 있노라면 같은 학년 친구들은 다 나오고 2학년 선배들이 나올 때야 그 모습을 드러내곤 했다.

초등학교 2학년 때, 담임선생님은 점심을 먹고 야외 활동 시간이 끝나면 반 아이들이 다 들어왔는지를 확인할 때 "○○이 와샤?"라고 묻는 것으로 인원 파악을 했다고 한다. 오래된 지인이나 한 학기를 보낸 담임선생님은 대기만성형이라고 듣기 좋은 소리로 바꿔 이야기하곤 했다.

큰아들은 먹는 것에 별 관심이 없다. '먹기 위해서 사는가?, 살기 위해서 먹는가?' 누군가 묻는다면 녀석은 후자라고 답할 것이다. 음식을 만들어 세팅하고 와자지껄 먹는 것을 별로 좋아하지 않는다. 요즘 젊은이들이 맛집을 찾아 한두 시간 기다리다 먹으며 사진을 찍고 SNS를 통해 널리 알리곤 하는데 녀석과는 상관없는 일로 보인다.

맛이라는 게 입에다 넣고 목구멍으로 넘어가면 잠깐인데, 뭘 그렇게 맛있는 걸 먹겠다고 애쓰는지 모르겠다는 식이다. 큰아들에게 음식은 그저 살기 위한 수단일 뿐이다.

이쁜폼생이는 작은아들의 애칭이다. 폼에 죽고 폼에 사는 폼생폼사의 다른 말이다. 거울을 보면서 자기 외모를 볼 줄 알기 시작하면서 자신이 선택한 것이 아니면 입지도, 신지도 사용하지도 않았다.

어느 날, 수련회에 가기 전 알맞은 크기의 가방이 없어 사러 갔다. 처음 들어간 가게 주인은 아이가 물건을 보는 것도 만지는 것도 하지 말라며 푸대접을 해댔다. 마음이 언짢아져 그 가게를 나온 뒤 몇 곳을 둘러봤는데, 녀석은 아까 그 가게에, 마음에 드는 가방이 있다는 것이다. 생각 같아서는 다시 돌아가고 싶지 않은 데, 녀석은 그 가방이어야 한다고 고집을 부렸다. 하는 수 없이 울며겨자 먹기식으로 가방을 사 들고 나왔다.

작은아들의 한때 꿈은 요리사였다. 태어날 때부터 미각과 후각이 발달한 녀석은 분유를 바꾸면 금세 알아차리고 단식으로 나의 애를 태웠다. 맛집의 이름을 줄줄이 외우고 우리 동네 배달 음식 책자를 보기만 해도 행복해했다. 나는 음식을 만들면 항상 작은아들에게 간을 보게 한다. 녀석이 맛있다고 하면 더 노력할 필요가 없다. 한 끼를 먹어도 맛있게 먹고 이왕이면 예쁜 그릇에 근사하게 담아서 즐기는 것을 좋아한다.

한 배에서 나와도 아롱이와 다롱이라는 말이 있다. 두 녀석은 달라도 너무 다르다. 좋아하는 것과 삶의 가치와 철학이 다르다. 올망졸망할 때 데리고 나가면 아들만 둘 키우는 인생 선배들은 측은지심으로 나에게 눈길을 보냈다.

"고등학생이 되면 경찰을 불러야 해요."

형제간에 싸움이 벌어지면 부모도 못 말린다는 말이다. 그런데 아직 내 앞에서 말다툼은 있어도 치고받고 하는 모습은 보이지 않았다. 오히려 너무 다르다 보니 싸울 일이 없었던 듯하다. 물건을 선택할 때도 항상 작은아들이 먼저 선택했다. 큰아들에게 색상이나 디자인은 별로 중요한 일도 아니면서 오히려 귀찮은 일이었다.

그런 형제가 닮은 것이 있다. 어느 정도 눈치가 생기고 생각할 나이가 되면서부터 내가 남편에게 잔소리하는 것을 못 봐준다.

"아빠가 분명히 잘못한 것은 알겠는데, 엄마가 좀 참아주면 안 돼요?"

초록은 동색이라더니 남편의 역성을 들며 아무 말도 못 하게 한다. 서로에게 상대의 잘못을 직설적으로 지적하면 누구에게도 동의를 얻기란 쉽지 않다. 자신들이 하나가 되어야만 잘 사는 길임을 일찌감치 터득해 버린 걸까. 꼬부기와 폼생이는 한 편이다.

가보家寶
성경

가끔은 무료함이 일을 만들기도 한다. 집안 분위기를 바꾸고 싶어졌다. 책꽂이를 옮겨볼 요량으로 요리조리 살펴보다가 손이 가지 않아 먼지가 쌓인 맨 위 칸에 꽂혀있던 필사 성경을 꺼내 들었다. 묵은 기억을 수면 위로 떠올려 본다. 옛날 사진첩을 펼치면 그 시절이 떠오르듯 기억의 편린들이 하나하나 퍼즐처럼 맞춰지듯이.

오래전 일이다. IMF 금융위기가 일어나던 이듬해, 남편은 잘 다니던 정부투자기관을 자진해서 퇴직하고 사업에 손을 댔다. 오랫동안 월급쟁이로 세상 물정도 모른 채, 동업자가 내미는 청사진을 철석같이 믿고 사업에 뛰어들었다.

사업이 시작되자 동업자는 본색을 드러내기 시작했다. 어느 날, 집으로 배달되어 온 카드 명세서를 본 나는 무엇인가 한참 잘못되어 가고 있음을 직감했다. 상당한 액수의 결제액. 그것은 동업자가 유흥업소에서 쓴 업무추진비 명세였다.

삐걱거리는 나날이 계속되었다. 급기야 동업자는 투자금도 없었는데 남편을 배신하고 콘도 회원권을 갖고 야반도주하였다. 설상가상으로 나를 더욱더 힘들게 했던 것은 이전에 친하게 지내던 지인의 행동이었다. 동업자의 아내와 동향인 그녀는 그들의 계획을 뻔히 알고 있으면서 '망하기를 바란다'는 말을 내뱉고 다니며 그들의 도주를 도왔다. 평소에 품고 있었던 시기와 질투의 감정을 고스란히 드러냈다.

나는 날마다 '어떻게 하면 똑같이 갚을 수 있을까.' 복수의 칼을 갈았다. 머리끄덩이라도 잡아 분풀이라도 하고 싶은 심정이었다. 그녀를 향한 미움의 마음은 결국엔 나를 병들게 했다. 뼈가 녹아내리는 고통에서 헤어날 수가 없었다.

"악을 악으로 갚지 말고 도리어 선으로 악을 이기라."

거역할 수 없는 진리의 말씀 앞에 나는 모든 것을 멈춰야 했다. 현실은 뒤를 돌아갈 수도 앞으로 나아갈 수도 없었다. 사면초가, 홍해 앞에 선 이스라엘 백성들의 신세가 되고 말았다. 새벽잠이 많은 나였지만 선택의 여지가 없었다. 새벽이면 교회에 나가 하나님께 나의 원통함을 아뢰고, 시간을 내어 펜을 들고 성경 쓰기에 몰입했다. 기도하고 성경을 쓰고 있노라면 현재의 나의 상황은 잊어버리고 말씀 속으로 푹 빠질 수 있었다.

어느 날 저녁에는 이사야 41장 말씀을 필사하면서 "내가 너를 도와주리라. 참으로 의로운 오른손으로 너를 붙들리라."는 약속의 말씀 앞에서 더 이상 성경을 쓸 수가 없어서 펜을 놓은 적도 있다. 신실하신 하나님은 다음 날 새벽에 같은 말씀으로 나에게 확신을 주곤 하였다.

초등학생인 큰아이와 유치원생인 작은아이. 엄마 바라기였던 아이들은 내가 가는 곳마다 따라다녔다. 책상에 앉아 성경을 쓰고 있으면 좋아하던 블록 장난감도 뒤로하고 내 양옆으로 책을 들고 앉게 되었다. 아이들은 이때를 어떻게 기억하고 있을까. 작은 서랍가득 들어 있던 다 쓴 펜 껍데기와 할 수 없이 읽어야 했던 책 정도였을까.

나는 하루 두 시간, 책상에 앉아 성경을 썼다. 텔레비전은 아예볼 수 없었고, 사소한 만남은 모두 멀리하게 되었다. 한 권의 성경을 필사하는데 2년이라는 시간이 걸렸다. 한 뼘 정도의 두꺼운 책이 완성되었다.

이 필사 성경을 '성경쓰기운동본부'에서 주최하는 성경 쓰기 공모전에 응모했다. 1등에 당첨되어 '이스라엘성지순례권'이라고 쓰인 봉투를 상품으로 받았다. '한국교회100주년기념관'이 있는 종로에서 김포공항까지 가는 지하철 안에서 봉투 안에 들어 있는 것을 꺼내 보고 싶은 마음이 굴뚝같았다. 공항 화장실에서 떨리는 마음으로 조심스럽게 봉투를 열어 보았다. 십만 원권 수표 열다섯 장이었다.

집으로 돌아온 나는 사업에 보태라고 봉투째 남편에게 고스란히 전했다. 그 이후, 나는 또 힘겨운 결정을 하게 되었다. 한 권의 성경을 더 쓰고자 결심을 한 것이다. 아이들에게 한 권씩 물려주기 위해서는 피할 수 없는 일이라고 생각했다. 그렇게 기도하며 4년 만에 두 권의 성경을 쓰게 되었다.

'가보 성경'이라고 이름이 새겨진 필사 성경을 펼쳐본다. 이십 년이 지난 지금 성경을 적어 내려갈 때 받았던 감동이 밀물처럼 밀려온다. 이제는 타인을 향한 미움의 마음도 다 사그라들었다. 필사 성경의 먼지를 털어냈다. 성경을 쓰며 기도했던 제목들, 새롭게 말씀을 깨달으며 가졌던 마음을 아이들 가정에 고스란히 전해주고 싶은 거룩한 욕심이 생겼다.

창窓

        이른 아침 창문을 열었다. 미세먼지로 잿빛이었던 하늘은 잠깐의 비로 말끔해졌다. 최근에 볼 수 없었던 한라산의 완만한 실루엣은 여명이 밝아오자 그 늠름한 자태를 드러내고 있다. 저곳 어딘가에는 진달래가 꽃망울을 터트리려고 준비하고 있겠지. 겨우내 움츠렸던 노루도 활개를 치며 주인행세를 할 것이다. 청청한 하늘 덕분인지 손을 뻗으면 나무가 잡힐 듯 다가와 있다. 닫혔던 마음의 문까지 활짝 열어 주었다.

  창은 무한한 의미를 담고 있다. 안에서 밖을 보는 수단이기도 하지만, 밖과 안을 연결하는 통로이기도 하다. 창의 모양과 크기를 보면 그 건축물의 용도를 가늠할 수 있다. 창을 통해서 바라보는 안과 밖은 얼마만큼의 진정성이 있는 것일까. 왜곡되기도 하지만, 실체를 보여주기도 한다.

친구 다섯 명이 부산 여행을 떠났다. 첫 번째 방문지는 영화 '변호인' 촬영지인 '흰여울 문화마을'이었다. 영화 속 송강호가 찾아간 진우네 집에서 내다보이는 바다는 어머니와 아들의 억울함을 다 아는 것처럼 보였다. 사진을 찍는 사람은 방 안으로 들어가 등을 돌린 모습으로 앉아 찍고 있었다,

우리도 어설프게 찍느니 남들이 하는 대로 우리의 뒷모습을 다른 일행에게 맡겼다. 그날 밤, 숙소에서 사진을 한 장 한 장 넘기며 하루의 여행길을 돌아보게 되었다. 눈을 감았다는 둥, 표정이 이상하다는 둥, 저마다 사진에 대한 불만을 표시했다. 바깥에서 찍은 사진의 대부분은 선글라스를 쓰고 있어서인지 도통 표정을 읽을 수가 없었다. 그중에서 모두가 마음에 쏙 드는 사진 한 장을 뽑았다. 뒷모습을 찍은 것이었다. 그 후, 다섯 명 모두의 카카오톡 프로필 사진이 되었다.

창을 통해 보여주는 뒷모습에는 많은 이야기가 담겨있는 것 같았다. 함께했던 시간만큼의 이야기. 우리들의 과거와 현재, 미래가 있기 때문이리라. 다섯 명이 응시하고 있는 저 바다 너머에는 어떤 일들이 우리를 기다리고 있을지. 또 우리는 어떤 모습으로 살아가고 있을까.

각자의 색깔과 생각으로 자신의 인생 그림을 그리며 살아가겠지. 걸작은 아니어도 좋겠다. 남들이 봐주지 않아도, 우리만의 작은 방 벽에 걸어 놓을 정도의 그림이면 족하겠다. 창문 너머로 일상이 흐른다. 잠시 네모의 프레임 안으로 누군가 열심히 발걸음을 재촉하며 등장했다 사라진다. 어쩌면 창은 우리 인생의 무대가 아닐까.

오래 전, 내가 매주 챙겨보던 드라마가 있었다. 보통 텔레비전 드라마를 보면 클라이맥스에 다음 주를 예고하며 주인공의 얼굴을 클로즈업하는 것이 대부분이다. 그 드라마는 엔딩 장면을 밖에서 창을 통해 등장인물을 보여주는 기법을 썼다. 창밖에서 보여주는 창 안의 사람들. 어떤 이야기가 펼쳐질지 한 주를 기다리면서 즐거운 상상을 하며 기다려지던 시간이었다.

열어 놓은 창문에서 한 발짝 뒤로 물러났더니 먼지가 쌓여 뿌옇게 된 유리창이 보인다. 먼지바람과 비의 반복으로 얼룩이 졌다. 창을 통해 보는 밖의 모습은 여전히 미세먼지가 잔뜩 낀 날씨인 것처럼 실제와는 다르게 보인다. 이렇게 조금만 나의 위치를 바꾸면 세상이 달라 보인다. 유리창 청소를 한 지가 얼마나 되었던가. 손이 닿지 않아 기다란 막대기에 물걸레를 말아 간신히 닦아내었더니 한결 나아졌다.

나는 친구들이 열어 놓은 넓은 창 안으로 자꾸만 기웃거리고 싶어진다. 경계심 없이 열어 놓은 창, 누가 흉을 볼까 노심초사하지 않아도 되고 손익을 따지지 않아도 된다. 좋은 일에 같이 웃어주고 슬픈 일에 같이 울어주는 편안함이 우리에게 있기 때문이다.

택배 상자

문자를 받았다. "문 앞에 택배를 배달했습니다." 곰곰이 떠올려 본다. 최근에 주문한 것도 없었는데 웬 택배일까. 그제 저녁 형님과 전화 통화한 일을 기억해 냈다. 햅쌀로 떡국을 빼서 더 쫄깃하고 맛있다며 떡국떡과 가을에 수확한 참깨와 들깨로 기름까지 짜서 보냈으니, 아끼지 말고 먹으라는 당부의 말이 기억났다. 열어 본 택배 상자에는 형님이 말하지 않은 품목도 나온다. 이것저것 담다가 보이는 빈 곳에 텃밭 하우스에서 따낸 고추와 방울토마토가 들어있을 때도 있고, 급하게 포장했는지 대파의 뿌리에 흙이 그대로 묻어 있을 때도 있다. 형님이 보내 준 상자는 항상 빈틈없이 꽉꽉 채워져 있다.

섣달의 밤은 길다. 어릴 적, 이맘때쯤 저녁을 일찍 차려 먹고 밤이 깊어지면 입이 궁금해진다. 식구들의 씻을 물을 데웠던 큰 솥 아궁이에는 불씨가 남아 있었다. 누군가 잽싸게 잉걸에 고구마를 묻어 놓으면 이때가 제 몫을 발휘할 때다. 거기에 고구마를 누가 묻어 두었는지는 중요하지 않았다. 먼저 꺼내 먹는 사람이 임자다. 묻어 둔 장본인이 기억해 내는 날에는 언쟁이 담장을 넘어가곤 했다.

형님의 나이 스무 살 시집오던 해. 남편의 나이는 여섯 살이었다. 논과 밭을 오가는 길에 시어머니가 업고 다녔다고 한다. 가끔은 형님도 시동생인 남편을 업고 키웠다고 했다. 자식을 낳으면 병으로 잃은 몇 번의 아픈 경험이 있던 시부모님에게 남편은 금지옥엽 같은 자식이었다. 자식처럼 키운 몸이 약한 시동생이 자라서 직장 생활을 할 때, 민간요법에 좋다는 각양각색의 것들을 다 구해서 보내준 사실을 같은 회사에서 근무한 나는 알고 있다.

"난, 자네 처음 볼 때부터 마음에 들었네!"

형님의 동서 사랑은 이렇게 시작되었다. 스무 살 이상 차이 나는 손아랫동서가 뭐 그렇게 예쁜 구석이 있었을까. 신혼 초에 우리 부부는 광주와 제주에서 떨어져 직장 생활을 하고 있었다. 1년 6개월 간의 주말부부 생활을 청산하고 광주에서 근무하고 있을 때였다. 형님이 사는 아산까지는 자가용으로 네 시간 가량 걸리는 거리였다. 그때, 큰아들은 돌이 채 안 되었다. 주말이면 형님은 올라오라는 말을 조카가 보고 싶다는 말로 돌려서 했다. 지금처럼 주 5일 근무도 아니었고, 직장 일로 육아로 많이 지쳐 있던 나는 형님을 얼마나 원망했는지 모른다.

아기를 바라보는 형님과 시숙님, 두 분의 벌어진 입은 다물 줄을 몰랐다. 마치 손자를 바라보는 할머니, 할아버지처럼 그랬다. 나와 남편은 딸 같은 동서, 아들 같은 시동생이었다.

지난달 만난 형님의 얼굴은 고생의 흔적을 고스란히 담고 있었다. 반가워서 덥석 잡은 손은 가뭄에 바짝 말라버린 장작과 같았다. 거칠고 울퉁불퉁해진 손, 시숙님이 돌아가신 이후에도 억척스럽게 혼자 힘으로 하던 농사를 줄이지 않았다. 그래서 탈이 난 것이다. 관절염을 앓아 치료 약을 오래 먹다 보니 치아까지 나빠져서 임플란트를 해야 했다. 이 힘듦에 나도 한몫했다는 마음에 자유로울 수 없었다. 이제 농사일을 줄이시라는 먹히지도 않는 말만 되풀이하다 그만두었다.

우리 집 아침은 일찍 시작된다. 바쁜 일정 속에서도 아침밥은 꼬박꼬박 챙겨 먹는다. 요즘은 김치 콩나물국밥으로 아침을 든든하게 채우고 있다. 식은 밥, 김치, 콩나물만 있으면 된다. 이 메뉴에는 형님이 담가서 보내준 김치를 잘게 송송 썰어 놓고 김칫국 한 국자가 들어가면 담백한 맛이 난다.

김치의 모든 재료는 형님이 텃밭에서 재배한 것이다. 배추, 무, 파뿐만이 아니라 마늘 생강까지…. 안심해서 먹을 수 있는 안전한 먹거리. 나는 염치없이 조카들의 대열에 꼼사리 껴서 넙죽넙죽 주는 대로 받아먹고 있다. 쌀, 고구마, 감자, 콩, 참기름, 들기름 등. 갚지 못할 것들을….

입이 궁금해지는 날에는 고구마 몇 개를 씻어 얇게 썬다. 에어프라이어에 넣고 10분을 돌리면 말린 고구마를 쪄 먹었던 추억의 맛을 소환해 낼 수 있다. 우리 집 남쪽 발코니에는 작년 가을에 형님이 보내 준 고구마 세 박스가 있다. 요즘 발코니에 자주 들락거린다. 고구마는 해가 바뀌고 계절이 바뀌면서 숙성된 맛으로 형님의 속깊은 사랑을 깨닫게 하고 있다.

바뀐 서열

태풍 '콩레이'로 날씨가 흉흉하던 날. 우리 집에 새로운 가족이 생겼다.

반려동물을 키워본 기억이라고는 오래전 귀엽게 생긴 요크서테리어 강아지를 여섯 달 동안 키운 것이 전부이다. 성견을 데리고 왔지만, 배변 훈련이 제대로 되어있지 않았다. 카펫이며 이불에다 볼일을 보는 바람에 매일 빨래를 하면서 지쳤고, 급기야는 털로 인하여 비염이 심해져 결국은 원래 주인에게 돌려보냈다.

고양이에 관해 관심을 끌게 된 것은 순전히 두 아들 때문이었다. 작년 8월에 큰아들이 군에 입대하며 보내온 소포 꾸러미를 정리하다가 핸드폰을 열어보았다. 작은아들과 나눈 대화방에서 새로운 사실을 알게 되었다. 둘이 키우던 '치즈'라는 고양이에 대한 이야기였다. 아이들은 우리 몰래 고양이를 키우고 있었다. 큰아들은 군대로, 작은아들은 휴학하여 제주로 내려오면서 고양이를 어떻게 해야 하는지에 대한 고민을 나눈 대화였다.

작년 봄, 남편과 광주에서 차를 빌리고 고향 선산을 둘러본 후, 아이들이 지내고 있는 포항으로 갔다. 우리 부부가 방문한 그때에는 하루 동안 키우던 고양이를 다른 집에다 맡기고 감쪽같이 우리의 눈을 피해 갔다. 나중에 알게 된 사실은 큰아들이 지인에게 임시로 고양이를 맡기고 입대하자, 작은아들이 이후에 포항에 가서 입양시키고 온 것이었다. 이 일을 비밀에 부칠 수밖에 없었던 이유가 무엇이었을까. 아마도 어릴 적 키우던 강아지를 돌려보낸 일이 크게 작용하였을 것이라는 추측에 마음이 편하지 않았다.

지역 맘 카페에 두 달 된 고양이 분양 소식이 눈에 띄었다. 사진을 그이에게 보여주었다. 태풍에 비바람이 몰아치는 날임에도 어서 데려오자고 나보다 더 성화를 부렸다. 차 안에서 고양이는 큰 눈을 껌벅이며 나를 올려다봤다. 경계와 불안한 모습이 역력했다.

심장이 크게 뛰고 있는 것이 내 귀에 들렸다. 집으로 데리고 온 후에는 장식장 밑으로 기어들어가 나올 기미를 보이지 않았다. 기척만 해도 소스라치게 놀라며, 눈이 마주치면 미어캣처럼 벽에 붙어 특유의 "피-익" 소리를 내며 위협을 가해왔다. 자신의 생명을 지키려는 몸부림이었다.

밤새 어미를 부르는 울음소리에 우리 부부도 잠을 설쳤다. '욕심으로 괜히 데려온 건 아닐까?', '두 마리를 데려올 걸 잘못했나?' 어미와의 생이별에 미안한 마음이 커져만 갔다. 이튿째, 외출에서 돌아와 보니 먹이가 조금 줄어든 것을 보고 안도의 한숨을 쉬었다. 조금씩 나아지겠지.

저녁이 되어서 작정하고 녀석을 붙잡았다. 눈을 마주치고 조용히 대화를 시도했다. "나는 너를 해치지 않아. 이제 우리는 한 가족이 되었으니 친하게 지내보자꾸나." 머리와 등을 쓰다듬어 주자 경계를 풀고 벗어나려는 시도를 멈췄다. 내 마음이 전달되었을까. 눈꺼풀이 점점 풀리더니 잠을 자기 시작했다.

녀석의 이름을 '치즈'라고 부르려 했지만, 작은아들이 반대했다. 여러 이름이 거론되었다. 검은 털을 두른 녀석은 목과 네 발, 가슴에 하트모양의 멋진 흰털을 갖고 있다. 도토리처럼 단단하고 옹골찬 모습에 '토리'라고 이름을 지었다.

토리는 하루가 다르게 놀라운 친화력을 보여주었다. 그러면서도 도도함을 잃지 않았다. 자신이 있는 곳에서 한 발짝도 옴짝달싹하지 않고 우리를 요리조리 움직이게 만든다. 토리와의 숨바꼭

질은 언제나 일방적이다. 항상 우리가 술래가 된다. 이 방, 저 방을 돌아다니며 녀석이 숨을 만한 곳을 뒤적여 본다. 포기하고 무언가를 하고 있노라면 "애~옹"하며 어서 자신을 찾으라고 교신을 보내온다.

사람들이 반려동물을 기르는 이유가 무엇일까. 상호작용이 일어나고, 감정을 나눌 수 있는 대상이어서 그런 것은 아닐까. 반려동물을 기르기 시작한 흔적은 고대 파라오의 무덤에서도 확인할 수 있다. 인류가 시작되면서부터 인간과 동물은 떼려야 뗄 수 없는 관계임이 분명하다. 특히 고양이와 개는 가두거나 묶어 두지 않고도 기를 수 있는 동물이어서 반려용으로 많이 기르는 것 같다.

그동안 아무런 불편함 없이 살던 집안 곳곳의 위험한 물건들은 치워야 했다. 탁자 위에 놓아둔 화장지를 밤새 다 파내어 난장판을 만들어 버리고, 거실 항아리 속에 여름내 잎이 풍성해진 개운죽 위로 올라가 잎을 모조리 물어뜯어 놓았다. 하루의 피로를 풀기 위해 안마기에 몸을 맡기고 있으면 재빨리 뛰어 올라와 숨겨진 손을 찾느라 야단법석을 떤다. 쥐를 잡는 듯 야성을 드러낸다.

내가 책상 앞에 앉아 있으면 어김없이 기어 올라와 틈도 없는 의자에 간신히 매달린다. 살짝 몸이라도 비틀어 주면 능청스럽게 마치 자기 자리인 양 의자를 차지해 버리고 만다. 마우스를 움직이는 내 손을 공격하기도 하고, 때로는 아예 자판 위에 드러누워 버린다.

　나의 가계부에는 토리의 이름이 기록되기 시작하였고 퇴근하며 들어오는 그이의 첫마디는 '여보'가 아닌 '토리야'로 바뀌었다.

짚신 장수
마누라

      청소년 내담자들의 마음을 열고 대화를 시작하기는 결코 쉬운 일이 아니다. 상처가 깊을수록 마음의 빗장을 걸어놓고 자신의 마음을 선뜻 내보이지 않는다. 나는 그런 아이들에게 얼음 깨기Ice-breaking의 첫 대화를 시도한다.

    "오늘 너의 마음을 날씨로 표현 해 볼래?"

    "그냥…, 오늘 같은 날씨…."

    "태풍이 불어요. 그런데 비옷도 없고 우산도 없어요."

    아이들은 나에게 수줍게 때로는 거칠게 다가온다. 만약 나에게 이런 질문이 던져진다면 나는 어떤 날씨로 내 마음을 표현할 수 있을까.

나는 비가 오는 날을 좋아한다. 하늘이 역정을 내며 어두워질수록 비구름이 몰려올수록 묘하게 막혔던 가슴이 뚫리는 것 같다. 안개가 자욱해지며 시야가 가까워지는 날에는 흔들리던 마음이 가라앉으면서 차분해진다. 태풍이 불거나 눈이 쌓여 배도 비행기도 움직일 수 없어지면 섬은 고립의 시간에 갇힌다. 뭍에서 온 어떤 이는 숨이 막힐 것 같다고 하지만, 나는 무언가 좋은 일이 기다리는 것 같은 기쁨이 가슴 깊은 곳에서부터 밀려 올라온다.

농사를 짓던 부모님에게 비 예보는 불길한 소식이었다. 제때 수확을 마치지 못하고, 자칫하면 한 해 농사를 망쳐버리기 때문이다. 안개로 캄캄해지는 날씨를 보면 마음에 먹구름이 가득하셨다. 농번기가 되어 주말에 비라도 내리면, 자식들 손을 빌려 보려던 심사가 뒤틀려 한숨 소리는 높아만 갔다. 그러거나 말거나 부모님의 마음은 아랑곳하지 않고 비가 올 바람, 마파람이 불어오면 속으로 쾌재를 부르며 깨금발로 뛰어다녔다.

어린 시절 여름날, 가뭄 뒤에 비가 내리기 시작하면 나는 흙 마당을 응시하곤 했다. 쩍쩍 갈라진 마당에 빗물이 고이면서 벌어졌던 틈을 메우느라 방울방울 거품 방울이 생겼다. 마치 두꺼비가 입을 벌려 빗물을 삼켰다가 뱉어내는 것 같았다. 두꺼비가 내뱉은 거품 방울은 두꺼비의 눈처럼 보였다. 거품 방울이 어디로 가는지 따라가기도 하고, 터트리며 비를 맞는 일은 신나는 일이었다. 옷이

비에 젖었다고 혼이 나는 것은 뒷전이었다. 초가집, 낙숫물이 떨어진 곳에서도 두꺼비가 거품 방울을 뿜어냈다.

비가 내리는 날이면 우리 집 부엌은 분주해진다. '따닥따닥' 하는 소리와 고소한 냄새가 온 집안에 오래 머물렀다. 볕 좋은 날, 잘 말려서 비닐에 싸 두었던 튼실한 보리를 볶고 있었다. 여름 한철 식량이 되어 줄 미숫가루를 만들기 위해서 보리를 볶는다. 갓 볶아 놓은 보리는 몇 배로 커져서 뻥튀기되어 있었다. 나는 그것을 한 바가지 담아 우적우적 먹었다.

비 오는 날, 머리와 팔을 내밀 수 있게 구멍을 뚫은 비료부대로 만든 어머니표 비옷은 겨우 책가방을 가릴 정도였다. 아이의 걸음으로 삼십 분 정도의 거리를 걸어서 집에 도착하면 발아래로 물이 뚝뚝 떨어졌다. 식구대로 우산이 없기도 하지만, 세찬 바람에 당해 낼 우산이 없었다. 뒤집혀 꺾인 한두 개의 우산조차 내 차례까지 오지 않았다. 그 덕분인지 지금도 봄, 가을에 내리는 비는 웬만하면 우산을 쓰지 않고 맞고 다니는 청승을 떤다.

비가 징글징글하게 내린다. 여름에는 장마, 몇 차례의 태풍에 이제는 가을장마까지 따라왔다. 올해는 새해 첫날에 발생한 '파북'으로 시작하여 29호 태풍 '판본'까지 여느 해의 평균을 훨씬 웃도는 수치이다. 9월에 우리나라에 영향을 준 태풍이 115년 만에 최다인 세 개가 찾아왔다. 한 달에 반을 비 아니면 태풍에 시달려야 했다.

눈, 비, 맑음, 흐림, 안개, 화창함, 태풍, 홍수, 지진, 회오리바람, 번개, 눈사태…. 날씨를 칭하는 많은 단어가 머릿속을 어지러이 돌아다닌다. 날씨로 나의 마음을 어떻게 표현할 수 있을까. 나는 지금 추억과 현실 사이에서 혼돈의 시간을 보내고 있다.

남편은 맑은 날만 신고 다닐 수 있는 짚신을 파는 짚신 장수이다. 비가 내리면 그날은 허탕을 친다. 비가 오는 날 신을 수 있는 나막신도 같이 팔아야 하는 건 아닌지 고민해 볼 일이다. 아이 한둘을 낳고 중년이 되면 '내 몸이 일기예보'라고 하는 신경통 따위는 나와는 상관없는 말이었다. 그런데 우주 저 끝에서 내 몸에 신호를 보내온다.

비가 오려나 보다.

2

Rremember

호박잎 국

지인이 준 호박잎이
며칠째 냉장고 야채칸에서
푸대접을 받고 있었습니다
멸치 육수에 밀가루를 살짝 풀고
북북 찢어 걸쭉한 국을 끓였습니다
거칠지만 부드러운 맛
희미하게 잊혀가던 기억 한 토막
불현듯 떠올랐습니다
어머니!

담배 유감

아파트 화단 모퉁이마다 분유 깡통이 놓여 있다. 아침이면 깡통 주변에 널브러진 꽁초들을 집게로 줍고 있는 경비 아저씨를 만난다.

엘리베이터에서 눈인사 정도 하고 다니는 아래층 사람들. 문을 닫기도 에어컨을 켜기도 애매한 날씨에 창문을 열어 놓으면 여지없이 담배 연기가 큰아들 방으로 올라온다. 흡연 후, 뿌린 방향제 냄새는 더 참을 수가 없다. 아래층 사람들의 흡연은 때와 장소를 가리지 않는다. 날씨가 궂은 날은 안방 화장실이 흡연 장소인 듯하다. 우리 집 화장실은 어느새 쾌쾌한 냄새가 배어 있다. 궁여지책으로 냄새 차단형 환풍기를 설치해 놓았다.

앞뒤 발코니에서 손을 뻗어 흡연을 즐기는 현장을 여러 번 목격했다. 그때마다 연기가 올라오니 제발 피우지 말라고 부탁도 해보았다. 하지만, 그들은 흡연의 기회를 호시탐탐 노리고 있는 것 같다. 어느 날은 흡연 중인 야리야리한 팔도 보았다.

우리 집 남자들은 모두 비흡연자이다. 남편은 한때 담배를 피웠지만, 기관지가 약해서 끊었다고 했다. 두 아들이 사춘기를 지날 때, 나는 일부러 아이들과 스킨십하면서 담배 냄새를 탐색하곤 했다. 침대에 누워 있으면 슬쩍 베개에 머리를 대고 손가락을 내 뺨에다 갖다 대는 척하면서 냄새를 맡았다. 며칠 전에는 외출에서 돌아온 큰아들에게 "PC방 들렀구나."라고 하자 엄마 코는 개코라며 함께 웃었다. PC방에서 담배 냄새를 옷에 묻히고 들어온 것이다.

언제부터인가 담뱃갑에 눈 뜨고 볼 수 없는 끔찍한 사진들이 등장했다. 금연을 유도하는 혐오스러운 포스터와 텔레비전 광고까지…. 몇 년 전에는 정부가 담배가격을 두 배로 인상하는 시책도 내놓았다. 과연 이런 일련의 시도들이 흡연 인구를 줄이는 데 얼마나 기여했을까. 이에 반해 크리에이터로 활동하고 있는 또래 청소년들이 직접 나와서 '노담'을 외치는 광고가 눈에 띈다. 청소년들의 금연에 상당한 효과가 있다고 한다.

드라마와 영화에서 흡연 장면이 사라지고, 담배 연기 없는 청정구역이 늘어났다. 공공장소에서는 담배를 피울 수가 없다. 반면

집 주변은 그야말로 연기 공화국이다. 집에서 쫓겨난 흡연 족들이 구석구석 자리를 잡는다. 그들은 지나가는 사람을 똑바로 바라보지 못한다. 벽을 보고 있거나 핸드폰에 심취한 것처럼 보인다. 엄마, 아빠의 손을 잡고 지나가는 어린아이의 모습이 보이면 되레 미안한 것은 내 쪽이다.

편의점 계산대 뒤에는 담배가 진열되어 있다. 어린아이들의 눈높이에 있어 강하게 뇌리에 박힌다고 한다. 손쉽게 담배에 손이 가게 만드는 기업의 상술이라는데…. 미래의 고객으로 유치하려는 속셈에 아이들의 의식은 꼼짝없이 야금야금 잠식당하고 만다. 요즘 미성년자를 대신해서 담배를 사다 주며 용돈벌이하는 어른도 있다니 기가 막힐 노릇이다.

'못생겨서 죄송합니다.'로 우리에게 웃음을 주었던 故이주일 씨는 폐암으로 생을 마감하기까지 직접 금연 광고에 출연하였다. "담배 맛있습니까? 그거 독약입니다."라며 담배의 폐해를 알렸다.

세계적인 담배 회사 필립 모리스는 '담배 연기 없는 미래'를 목표로 향후 10년 안에 전자담배로 대체하겠다는 계획을 발표했다. WHO는 이에 전자담배 때문에 청소년이 건강을 위협받고 있으며, 이 업체가 전자담배를 수많은 향과 안심 문구로 어린이와 청소년을 공략하고 있다며 강하게 비판하고 나섰다.

코로나19로 옴짝달싹 못한 지 2년 동안 세계적으로 감염자가 사억 명, 사망자가 육백만 명에 달한다. 흡연 인구는 십억 명. 담배로 인해 연간 팔백만 명이 목숨을 잃고 있다. 이 중 백만 명은 간접흡연 때문이라는 통계도 있다. 심각성은 코로나19보다 더한데 관심도는 낮아 보인다.

금연을 경험한 사람들은 쉬운 시작, 힘든 마침이라고 이야기한다. 무언가에 중독된다는 것은 무언가의 결핍에서 온다. 담배를 손에서 놓지 못하는 애연가들, 각자의 결핍은 어떤 것일까. 눈도 없고 발도 없는 담배 연기는 못 가는 데가 없다. 스멀스멀 위로 기어오른다. 바람의 길을 따라 잘도 찾아다닌다. 모두에게 맑은 공기를 마실 권리가 있을 터인데…. 피울 권리와 피할 권리 중 무엇이 먼저일까.

작은아들의
여권

　　주말로 기억한다. 나는 안방 침대에 누워
TV를 보면서 여유를 부리고 있었다.

　"엄마, 내 여권!"

　작은아들의 말에 TV 장식장 서랍을 열어 여권을 꺼내 주었다.
아이는 몇 달 동안 군대 제대 후 복학도 미루고 아르바이트를 했
다. 북한 선교를 하는 선교단체에서 주관하는 미국 훈련 과정에
참석하기 위해 독하게 마음을 먹었는지 돈을 아끼고 모았다. 몇
번의 사전 모임으로 국내 훈련도 다녀온 터라 결의에 차 있었다.

　오 년 전이었다. 어린이날 이튿날을 임시 공휴일로 지정하면서
연휴가 길어졌다. 전국에서 어린이날을 전후로 여행객들이 제주로

몰려들었다. 거기에다 외국인 관광객까지 겹쳐 공항은 북새통을 이뤘다. 작은아들은 출국을 앞두고 친구도 만나고 볼일도 있다며 미리 가방을 챙기고 떠났다. 출국하는 날, 나는 사무실에서 근무 중이었다. 낮에 아들에게서 전화가 걸려 왔다.

"여권을 잘못 갖고 왔어요."

유효기간이 지난 여권. 아들은 서울역에서 출국심사를 하고 여유롭게 인천공항으로 가려던 심산이었다. 미국행 비행기는 저녁 6시 10분. 머리는 하얘지고 어떻게 처리해야 할지 막막했다. "갖다 주세요." 아들의 단호한 한마디에 정신을 차렸다.

급하게 집에 들러 여권을 챙기고 공항으로 갔다. 공항 구석마다 삼삼오오 가족끼리 지인끼리 아예 돗자리를 깔고 누워 있는 사람, 음식을 먹는 사람, 여기가 잔칫집인지 야유회장인지 아수라장이 되어 있었다. 뉴스에서 보던 모습을 눈으로 직접 목도하게 되었다.

좌석을 구하려고 늘어선 긴 줄. 그 와중에 비즈니스석을 겨우 구하고 출발 게이트에 들어섰지만 내가 탈 비행기는 착륙도 하지 않고 있었다. 사람들은 의자를 점령하고 일어설 기미가 보이지 않았다. 혹여 의자가 비었다고 하더라도 앉아 있을 수가 없었다. 자꾸만 활주로를 쳐다보며 내가 탈 비행기를 기다렸다.

번잡한 김포공항 상황을 예측해 보자면, 아마도 비행기는 공항 어느 한갓진 곳에 착륙할 것이고 게이트까지는 버스로 이동해야 할지도 모른다. 설령 비행기가 게이트로 갖다 댄다고 하더라도 시간이 촉박하다. 아무리 계산해도 답이 나오지 않았다. '이 비행기를 탄들 무슨 소용이 있겠나.', '내가 모든 걸 망쳐버리고 마는구나!' 실망할 아이를 생각하며 쉴 새 없이 나 자신을 자책했다.

다행히 비행기는 게이트에 바퀴를 멈췄다. 승무원이 문을 열어주자마자 릴레이 선수처럼 바통 대신 여권을 들고 내달렸다. 얼마나 뛰었을까. 아이에게 여권을 쥐어 준 후 한참을 제 자리에 서서 가쁜 숨을 몰아쉬며 마른기침을 해댔다. 작은아들은 여권을 낚아챈 후 대기해 놓은 택시를 타고 쏜살같이 사라졌다.

한참 동안 물을 마시며 마음을 진정시키고 있는데, 간신히 미국행 비행기에 탑승했다는 연락을 받고 겨우 안도의 한숨을 내쉬었다. 혹시나 돌아갈 좌석이 없어 서울에서 며칠을 지내게 되더라도 여한이 없었다. 그간 아들과 수없이 나눈 카톡방 대화에는 난관 앞에서 어떻게 대처하며 믿음으로 나아가야 하는지를 확인하는 계기가 되었다. 그날, 내 평생 첫 비즈니스석을 탔지만, 편한 심정으로 좌석에 등을 대지 못하고 발만 동동 구른 날이었다. 김포공항도 제주공항 못지않았다. 달뜬 마음으로 첫발을 내디딘 여행객들은 항공기의 지연과 취소로 기약 없는 시간을 보내며, 공항에서 발목이 잡혀 서성이고 있었다.

그 이후로 아들은 스스로 자기 물건을 챙겼다. 미덥지 않은 나에게 더 이상 맡길 수가 없었을 터다. 아들의 고백에 의하면, 그때 당시 세상 무서운 것이 없었고 남의 실수를 용납하지 않는 교만함으로 꽉 차 있었다고 했다. 그런데 첫발부터 삐거덕거리면서 남의 힘을 빌어야 하고, 함께 출발하는 멤버들의 도움을 받아야만 하고, 여러 가지 상황이 자신을 겸손하게 만드는 계기가 되었다고 했다. 이 일이 작은아들에게 득이 됐지 싶다. 나에게도 일을 챙기는데 다시 한 번 확인하는 계기가 되었다.

불편한
동거

사람들은 편리함을 위해 불편함에서 '불' 자를 없애려고 무척이나 노력한다. 그를 위해 시간과 돈을 투자하는 것도 아끼지 않는 것 같다. 반대로, 불편함을 즐기는 사람들도 있다. 장작불로 밥을 짓고 바깥 바닥에서 잠을 자는, 불편 체험을 통해 편리함을 알고 감사함을 배워보는 소중한 경험을 얻는 기회가 되었다고들 한다. 어쨌거나 내 경우는 생활의 불편은 생각의 불편을 낳는다. 그 불편함 때문에 일상이 제대로 굴러가지 않을 때도 있으니 말이다.

안경

옛날 사람들은 오복으로 건강한 치아, 고운 살결, 튼튼한 위장, 좋은 눈, 풍성한 머리카락을 들었다. 오복 중에 눈은 타고났다며 자신하고 있었다. 그런데 요즘 들어 '몸이 천 냥이면 눈이 구백 냥이다.'라는 말을 실감하고 있다. 핸드폰을 꺼내 들어도 책을 펼쳐도 도통 글자가 머릿속으로 들어오지 않았다. 오후가 되면 상태가 더욱 심해져서 생각마저 막혀버렸다. 다초점 안경을 맞췄다.

"시력이 더 나빠지지 않으려면 안경을 꼭 쓰고 다녀야 합니다."

안경을 껴도 불편함은 마찬가지였다. 바닥에 굴러다니는 머리카락, 마루 틈에 낀 먼지가 너무나도 선명하게 드러나 보였다. 싱크대 구석구석을 닦아내느라 날마다 고역이다. 책상에 앉아 책을 펼치면 눈에 보이는 먼지 때문에 도무지 집중할 수가 없다.

토리

며칠째 재채기와 콧물로 새벽녘이면 잠이 깼다. 대여섯 번의 재채기 뒤에 이어지는 콧물을 주체할 수 없어 연신 화장지를 뽑아 콧물을 닦아내야 했다. 이번 겨울은 어쩐지 그냥 잘 지나가나 했다.

계절의 변화는 몸이 기억하였다가 반응하는 것일까. 늦가을 찬바람이 불기 시작하면 어느새 코끝이 간지러워 코를 실룩거리기 시작한다. 냉장고에서 나오는 찬 바람에도 반응하곤 한다.

며칠을 견디다 좀처럼 나아질 기미가 보이지 않자, 집 근처 이비인후과를 찾았다. 원인은 알 수 없지만 막힌 코의 심각한 상태를 보고 의사는 원인을 아는 것이 중요하다고 했다. 마스트알레르기 mast allergy 검사를 해보기를 권했다. 며칠 후 결과가 나왔다. 나를 힘들게 한 원인은 '고양이 털'이었다.

아침, 저녁으로 청소기를 돌렸다. 끈끈이 롤을 이용하여 소파와 카펫, 이불을 문지르고 털과의 전쟁을 치르는 중이다. 무엇보다 급한 것은 토리가 침대로 올라오는 것을 차단하는 것이었다. 어느 날부터 잠을 잘 때, 내가 베고 있는 베개 끝에 똬리를 틀고 잠을 자기 시작했다. 침실 문을 닫았다. 처음에는 문 앞에서 처량하게 울다가 문이 부서지라고 자신의 몸을 던지는 것이었다. 그뿐이 아니었다. 일―자로 된 손잡이를 점프하여 뛰어올라 방문을 열고 들어왔다. '어쩌다 요행히 열렸겠지.'라고 생각하고 문을 닫았지만 단번에 문을 열고 들어오는 녀석을 보고 아연실색하였다.

하는 수 없었다. 막대기를 옆에 두었다가 "올라오면 맴매, 맴매할 거야!"라고 때리는 시늉을 하며 으름장을 놓았다. 올라오는 녀석을 쫓느라 매일 잠을 설쳤다. 될 수 있으면 토리와의 접촉을 피했다.

잠을 자러 침실로 들어갈 때는 슬금슬금 내 눈치를 보며 주위를 빙빙 돈다. 마치 내가 콩쥐의 계모가 된 듯 마음이 편하지 않다. 토리의 침대 오르기 도전은 지금도 계속되고 있다.

자동차

지난겨울, 어느 모임에 오렌지색 코트를 입고 간 적이 있었다. 차에서 내리는 나를 보며 지인이 "차랑 코트랑 정말 잘 어울립니다."라고 말했다. 뒤이어지는 말은 나를 더욱 불편하게 했다.

"오렌지색을 참 좋아하나 봅니다."

"아-, 예….."

사실은 그렇지 않았다. 오렌지색은 별로 좋아하는 색이 아니었다. 그런데 삼 년 전에 마련한 나의 자동차 색이 하필 오렌지색이다. 내가 차를 몰고 다닐 때면 차에다 커다랗게 내 이름을 붙이고 다닌다는 착각이 들 정도였다. 차를 고를 때 나는 눈에 잘 띄지 않는 그레이 색을 원했다.

"내가 오고 가는 것은 아무도 몰라야 해요."

"당신은 주목받아도 괜찮아."

결국 남편이 이겼다. 어디를 가나 튀는 오렌지. 그이가 오렌지색을 고집한 가장 큰 이유는 그 색이 오십만 원이 싸다는 이유였다.

세상살이가 언제 내 생각과 마음처럼 호락호락했던가. 내가 선택했건 안 했건 이 불편한 동거는 피할 수 없는 것이리라. 어쩌면 내가 불편하다고 생각하는 것들이 나를 더 불편해하고 있을지 모를 일이지 않은가.

껍질을 깨는
아이

아침 시간에 차 안에서 즐겨 듣는 라디오 프로그램이 있다. 준엄한 왕 역할을 주로 도맡아 하는 배우가 진행한다. 그가 라디오를 진행할 때면, 배우의 모습은 온데간데없고 웃다가 울기를 반복한다. 어느 때는 웃음을 참지 못해 끝내 '꺼이꺼이' 소리를 내며 웃기도 한다. 마치 오래된 친구를 만나는 기분이랄까. 격식을 차리지 않은 그의 수더분한 모습에 끌려 채널을 고정한다.

이 프로그램에서 이번 주 금요일을 핑크 데이로 정했다. 그날은 자신이 갖고 있는 분홍색 물건 사진을 전송하면 커피 쿠폰을 보내주는 행사였다. 그날은 진행자도 핑크색 티셔츠를 입고 나오겠다는 약속까지 덧붙였다. 라디오를 들으며 은근히 커피 쿠폰에 욕심이 생겼다.

초등학교 6학년 여학생인 나의 내담자. 나는 그 아이의 이름을 '연분홍'이라 지었다. 새로운 내담자가 배정되면 나의 바람을 담아 이름을 지어보곤 한다. 우리 부부라면 태아의 성별이 딸이라는 것을 아는 순간부터 출산준비물을 분홍색으로 준비하고 아기가 태어날 날만을 손꼽아 기다리고 있었을 것이다. 지금까지 만났던 내담자는 모두 남학생이기도 하거니와 아들만 둘을 키우는 나로서는 여학생을 만나는 일은 여간 흥미롭고 설레는 일이 아니었다.

분홍인 평범하지 않은 잉태와 탄생, 성장 과정을 겪었다. 보호자의 욕설로 인한 상처와 신체적 학대, 성이 다른 오빠, 그룹 홈으로 보내진 조카 등 아이의 삶이 어떠했을지 상담의뢰서에 적힌 내용만으로도 도무지 정상으로 살아간다는 것이 불가능해 보였다.

분홍이하고는 작년 11월부터 매주 수요일 오후에 만남의 시간을 가졌다. 그 아이는 나를 '도와주러 온 선생님'이라며 처음부터 잘 따라 주었다. 수요일로 상담 날짜를 정한 것도 분홍이의 결정이었다. 일주일 중 중간쯤 만나야 숨이 트일 것 같다고 했다. 주초에 만나면 주말이 힘들고, 주말에 만나면 주초가 힘들다는 논리를 펼쳤다.

처음 만났을 때, 분홍이는 외부로부터 오는 상처를 받아들이지 않으려는 시도였는지 단단한 껍질 속에 갇혀 있었다. 자신을 제대로 인식하지 못하고 자존감은 바닥이었다. 방탄소년단의 아미팬이라며 가끔은 내 앞에서 노래하며 춤을 추었다. 내가 손뼉을 치며 칭찬이라도 해주면 손사래를 치며 강하게 부정했다. 서두르지 않았다. 기다림과 정서적 지지가 필요했다. 스스로 깨고 나오기만을 바라며 끊임없이 불합리한 사고에 대한 인식의 전환이 필요해 보였다.

만남을 거듭할수록 분홍이는 조금씩 달라지는 모습을 보여주었다.

"쌔~앰, 제가 상담을 이렇게 오래 해 본 적이 없어요."

"항상 저를 보면 인상 쓰며 지나가던 친구가 있었거든요. 근데 그 친구가 살짝 웃으면서 지나갔어요."

"그 친구가 너의 거울인가 보네."

이제 다음 달 말이면 분홍이와의 상담은 끝을 맺는다. 분홍이에게 나는 어떤 존재였을까. 넘어졌을 때 일으켜 주는 손, 목이마를 때 목을 축여주는 한 모금의 생수, 흘린 땀을 닦을 수 있는 잠시 쉬어가는 그늘…. 이것들은 그저 나의 바람일 뿐이다. 오히려 나는 분홍이에게 또 다른 세상을 배우고 있다.

인간을 진정으로 자라게 하는 양식은 무엇일까. 청소년기 아이들에게 더욱 필요한 양식은 빵이 아니라 자기 자신을 사랑하는 자존감이 아닐까. 그 자존감 안에는 조물주가 부여해 준 개성과 본성이 무럭무럭 자라고 있을 테니까.

에너지 총량 불변의 법칙이 있듯이 고통도 총량의 법칙이 있다면 분홍이의 고통은 지금까지의 것으로도 충분하지 않을까 싶다. 분홍이의 앞날을 축복하면서 조용히 읊조려 본다.

"이제 꽃길만 걸으렴…."

바다

바다는 육지의 어머니이고
하늘의 친구이다

바다는 육지와 하늘을
다 이해하고 받아낸다

카페에서 바다를 바라보며 분홍이가 지은 시이다. 분홍이에게 또한 수 배운다.

고장 난
시계

　　　어슴푸레 보이는 시계가 새벽 2시 30분을
가리키고 있다. 몸은 나락에 떨어진 듯 꼼짝할 수 없는데 눈과 머
리만 말짱하게 깨어 있다. 애써 잠을 청해 보았지만 그럴수록 이
생각 저 생각이 꼬리를 물었다. 마침내 나의 뇌는 어제의 일을 쳇
바퀴 돌리듯 재생을 반복하고 있다.

　혹- 옆에서 자고 있던 남편이 길게 한숨을 내쉬었다. 남편도 어
제 낮에 있었던 언짢은 일로 인해 잠을 이루지 못하는 것 같다. 예
측하지 못했던 황당한 일을 당해서인지 말문이 막혀 침묵으로 일
관했었다. 참고 있는 것 같았다. 예전 같으면 가만히 있지는 않았
을 것이다. 그 자리에서 자신의 감정을 풀어버려 수습하기가 힘들

었을 텐데 상황에 동요되지 않고 잘 견딘다 생각했다.

머칠 전, 전날 밤까지 쉬지 않고 잘 가던 욕실 선반 위에 있는 시계가 아침에 일어나 보니 멈춰 있었다. 배터리를 언제 바꿨는지 기억이 나질 않았다. 신발장 서랍에서 배터리를 꺼내 바꿔 끼웠지만, 시계는 한 발짝도 움직일 생각이 없어 보였다.

30년이 지났을까. 연애 시절 남편이 사준 벽걸이 시계는 배터리만 갈아 주면 정확한 시간으로 나의 일상을 지켜주었다. 그뿐이 아니다. 네모난 모양에 기하학적인 노랑과 빨강, 두 개의 동그라미와 초록색 추를 갖고 있어 지금 보아도 손색이 없는 디자인이다. 몇 번의 이사를 하다 보니 추는 사라져 버리고, 새 시계에 밀려 발코니에서 몇 년, 욕실에서 몇 년을 지나는 사이에 색은 바래고 녹이 슬어버렸다.

"혹시, 고치더라도 욕실은 아니야!"

남편은 시계가 욕실 두 개의 코너 선반 중 하나를 차지하고 있던 것이 못마땅했었는지 이번 기회에 없애버리려는 속셈이 분명해 보였다. 시계가 있던 자리에 슬그머니 목욕용품을 갖다 채워 놓는 것도 잊지 않았다.

내가 알고 있는 남편은 들리는 대로 보이는 대로 믿는 사람이다. 그래서일까 남들에게 속기도 잘한다. 다른 사람들은 그런 남편을 보고 순수해서 그렇다고 하지만, 옆에서 지켜보는 나는 어린아이를 물가에 내놓은 것처럼 노심초사하는 일이 많았다.

그이의 주변에는 남녀노소를 불문하고 사람들이 몰려든다. 벽을 치고 사람을 가리는 나와 달리 아무에게나 스스럼없이 친절하다. 처음 보는 사람에게도 곧잘 말을 건넨다. 그래서일까 결혼생활 내내 남편의 이런 점을 이용하려 드는 사람들이 적잖이 있었다.

　연애 시절, 내가 상상하고 있던 백마 탄 왕자의 모습은 아니었지만, 자신을 감추지 않아 솔직한 그가 좋았다. 심중을 헤아리며 속뜻이 무엇인지 파악하려고 애쓰지 않아도 되었다. 대인관계에서도 확실했다. 좋으면 좋다, 싫으면 싫다고 말할 수 있는 사람이었다. 그런 그가 요즘은 변했다. 속 쓰린 일이 있어도 며칠 동안 털어놓지 못한 채, 혼자 가슴앓이를 하곤 한다. 무엇이 그를 이렇게 만들었을까.

　거추장스럽게 이리저리 밀려다니는 고장 난 시계를 물끄러미 쳐다보다가 한 생각에 머물렀다. 남편도 이 시계처럼 멈춰 쉬고 싶을 때가 있었던 것은 아닐까. 쉬지 않고 달려올 수 있었던 힘의 근원은 어디에서 나온 것일까. 어느 강연에서 들었던 위로의 한마디를 전하고 싶어졌다.

　"당신, 여기까지 참 잘 왔어요!"

　옆에서 뒤척이던 그이의 고른 숨소리가 들려온다. 열린 창문 사이로 스무사흘의 하얀 달빛이 한없이 작아진 그의 어깨 위로 내려앉았다. 내일은 짬을 내서라도 시계 장인의 손길을 빌려 고장 난 시계를 고쳐 놔야겠다.

팽나무

아침 7시 핸드폰이 울린다. 아버지의 하루
는 일찍 시작된다.

"모레 오너라."

일방적인 전달일 뿐 대화는 이루어지지 않았다. 편찮으신 데는
없는지, 드시고 싶은 음식은 무엇인지 몇 마디 물었지만, 벌써 전
화기는 뚜- 소리를 내며 끊겨버렸다. 멍하게 한참 동안 전화기를
들고 있었다. 아버지의 시제는 항상 모레이다. 모레는 내가 식사
당번임을 알리는 기호이다. 바로 오늘이나 내일이면 자식들이 급
한 일이 생겨 어려워질까 하는 배려의 시간이기도 하다.

태풍 '종다리'도 비껴간 날씨는 연일 30도를 웃돌고 좀처럼 밤에

도 열대야를 면하지 못하고 있다. 찜통더위와 불볕더위를 넘어 가마솥더위 등 날씨에 대한 신조어들이 생겨나고 있다.

시장을 보고 가스레인지를 켜자, 집안 온도가 한층 올라갔다. 등에서 땀이 주르륵 흘러내렸다. 에어컨 없이 견뎌보자고 했던 무모함이 후회로 돌아왔다. 조리한 음식과 이것저것 바구니에 담고 마트에 들러 막걸리도 다섯 병을 샀다. 어느 날부터 막걸리를 챙기는 것이 규칙이 되었다.

친정집에 도착한 뒤 세탁기가 돌아가는 동안 청소기를 돌렸다. 아버지는 내 앞에서 바닥 매트며 카펫, 작은 물건들을 청소하기 좋게 들어주었다. 청소가 끝나면 "어서 가거라." 하며 잠시도 틈을 주지 않는다.

어머니가 돌아가신 지 네 번째 여름을 맞고 있다. 평생 손수 집안일을 해 본 적이 없는 아버지는 밥솥과 세탁기, 전자레인지 등 가전제품의 버튼을 누르는 것부터 배워야 했다. 아침이면 하루 드실 만큼의 밥을 안치고, 냉장고에 있는 반찬이나 국을 데워서 드신다. 음식이 들어 있는 통은 줄을 세워 먼저 들어온 것은 앞으로, 나중에 들어온 것은 뒤로 정리를 한다. 냉장고며 싱크대를 보면 깔끔한 아버지의 성격이 엿보인다.

어머니의 부재는 아버지의 삶을 송두리째 바꿔놓았다. 모든 집안 대소사에 참석을 거절했다. 아버지의 우주였던 어머니의 빈자리는 누구도 대신할 수 없었다. 언젠가 언니에게 어머니가 동네 마실 갔다가 금방이라도 불쑥 나타날 것만 같다는 속마음을 털어놓은 적이 있다. 바람이 불어 문이라도 덜컹거리는 날, 아버지의 마음은 어땠을까.

이제는 찾아갈 만한 친구와 지인도 떠나버린 고향에서 아버지는 신문과 텔레비전을 벗 삼아 살아가고 계신다. 이것저것 여쭤보면 그때마다 하는 대답은 "괜찮다."이다. 자식들에게 걱정을 주지 않으려 안간힘을 쓰고 있는 것을 알기에 돌아 나오는 나의 마음은 무너진다. 외로움의 깊이를 가늠할 수가 없다. 언제까지 이런 시간이 나에게 주어질까.

동네 어귀를 나오면 수호신처럼 팽나무 세 그루가 서 있다. 동쪽과 서쪽 조금 떨어진 곳에서는 마치 한 그루처럼 보인다. 정확한 수령은 알 수 없지만, 인근에 지방기념물 19호로 지정된 팽나무 군락지가 있는 것을 보면 500년은 족히 되었다고 미루어 짐작해 본다.

팽나무는 우리나라의 주로 남부 지방에 서식하며 폭 나무, 포구 나무 등으로 불린다. 예로부터 풍수지리설에 따라 마을의 기운이 약한 곳을 보태주는 비보림이나 바람을 막아주는 방풍림으로 많이 심어왔다.

팽나무 주변에는 콘크리트로 만들어진 월대가 있다. 유년 시절에는 치마 가득 공깃돌을 주워 손톱이 다 닳을 만큼 공기놀이를 하곤 했다. 한 번 모아 놓은 공깃돌은 오다가다 여자아이들의 재미있는 놀이가 되었다. 팽나무 아래에서 놀던 옛 벗들의 얼굴이 하나둘 떠오른다.

팽나무는 70년 전, 4·3사건 때 무모하게 끌려가 목숨을 잃은 할아버지, 집안의 장남으로 무거운 짐을 짊어진 열일곱 살의 푸르른 아버지의 모습도 기억하고 있으리라. 여름이면 지나가는 나그네의 땀을 식혀주는 그늘이 되어 주었고, 무거운 물 허벅을 짊어지고 지나가던 여인의 쉼팡이 되기도 하였다.

아버지는 삶의 무게, 휘몰아치는 바람에도 내가 기대고 견딜 힘. 아름드리 나무가 되어 근 한 세기 동안 그 자리에 여전히 버티고 서 있는 거목이 되어 있었다. 시간의 흐름은 팽나무도 감당하기 어려웠던 걸까. 움푹 팬 옹이. 숱한 세월의 아픔을 오롯이 가슴으로 받아내 차마 표현하지 못했던 아버지의 마음은 아니었을까.

팔월의 열기는 식을 줄 모르고 날마다 기록을 경신하고 있다. 요즘은 날씨 예보를 찾아보는 것이 습관이 되어 버렸다. 사람들의 지친 목소리가 여기저기서 들려온다. 아버지는 이 견딜 수 없는 더위에 선풍기 하나로 어떻게 지내고 계실까. 더운 열기가 훅 올라온다. 하지만 나는 이 여름을 오랫동안 붙들고 싶다.

나를 알아?

텔레비전 채널을 돌리다 멈춘다. 손동작이 멈춘 화면 속, 혼자 사는 연예인이 아침을 맞으며, AI에게 오늘의 날씨를 묻고 이어서 끝말잇기를 시작한다. 몇 개의 단어가 오고 갔다. 기계는 장소-장속, 고수-보수, 도시-도씨로 사람의 목소리를 잘못 알아듣고 스스로 승을 외친다. 연예인은 허망하게 웃는다. 운동하려고 '복근 운동'을 외쳐보지만 '볶음 우동'을 보여주며 오히려 식욕을 자극한다.

가로 7cm 세로 15cm, 무게는 500g도 채 안 되는 이 물건이 내 생각과 마음을 지배하여 움직이게 한다. 머잖아 이것 하나면 다 되는 세상이 올 것 같다. 수시로 확인하고 들여다보게 한다. 잠시도 나를 가만두지 않는다. 정작 중요한 것이나 궁금한 것을 찾기 위해 터치했다가 한참이 지나서야 '여긴 어디, 나는 누구?' 하며 정신을 차려 보지만 왜 들어왔는지 기억나지 않는다.

나는 하루 중 많은 시간을 온라인 세상에서 지낸다. 어쩌다 클릭한 상품은 쉬지 않고 핸드폰, 노트북, 사무실 컴퓨터를 켤 때마다 불쑥불쑥 나타나 나를 유혹한다. 나의 자제심을 넘어, 결국 구매 버튼을 누르게 만드는 끈질김이 이 세계에서는 존재한다.

몇 년 전, 세간의 시선을 끈 한 경기가 있었다. 알파고와 이세돌 9단의 바둑 경기다. 이세돌은 AI와의 경기에서 5전 1승 4패로 마무리 지었다. 그 이후 지금까지 AI를 이긴 바둑선수는 없다. 알파고의 전적 중 유일한 1패는 이세돌이 갖고 있다. AI가 등장하면 곧이어 이세돌이 사람들의 입에서 회자 되곤 한다.

온라인상에서 내가 걸었던 흔적이 고스란히 눈밭에 찍힌 발자국처럼 남겨진다. 유튜브에서는 한 번 시청했던 동영상과 비슷한 영상들이 알고리즘의 추천을 받아 상단을 장식하여 '나도 좀' 클릭해 달라고 줄을 서 있다. 내가 드나들었던 카페, 검색하는 상품, 즐겨보는 동영상, 검색어 등을 통해 내가 무엇을 좋아하는지 나의 수준을 나름대로 파악하고 있는 듯하다. 빅데이터를 확보한 이 세계에서 나를 당돌하게 규정지어 놓았다.

나이 : 만49~59세 / 성별 : 여자 / 결혼여부 : 기혼
자녀유무 : 부모가 아님 / 가계수입 : 중하위
학력 : 학사학위 / 주택소유 : 세입자

나를 얼마나 잘 알고 있을까. 온라인에서 보이는 내 모습은 빙산의 일각인데 말이다. 빅데이터가 평가한 정보의 점수를 과연 몇 점이나 줄 수 있을까.

축구 경기의 묘미는 공의 움직임을 빠르게 포착하는 것이다. 넓은 경기장 한구석에서 작은 공을 실감 나게 보기란 쉽지 않다. 그래서 카메라 감독이 현장에 있는 사람들에게는 전광판을 통하여, 집에서 텔레비전을 보는 사람에게는 현장에 있는 것처럼 공의 흐름을 파악할 수 있도록 카메라가 공을 따라간다.

얼마 전, 스코틀랜드 축구경기장에서 있었던 일. 경기 후반 지고 있던 팀이 결정적인 동점 골을 터트렸는데 정작 팬들은 그 광경을 볼 수 없었다. 축구공을 열심히 따라가야 할 AI 카메라가 심판의 민머리를 축구공으로 오인하고 심판을 쫓아가는 사고가 발생하고 말았다. 팬들은 AI가 축구 경기를 망쳐 놓았다며 불만을 터트렸다.

두꺼운 사전을 펼쳐 단어들을 찾기 시작했다. 한 번 찾았던 단어는 형광펜으로 표시해 놓는다. 온라인 검색이 간편하고도 쉽지

만, 단어와 연관된 유사 단어를 살피기에는 한계가 있어서였다. 그런데 차츰 이 물건은 검색, 결제, 출금, 신분 확인 등. 활용 범위가 커지고 있다. 나의 일거수일투족을 이 기계가 다 기억하여 나보다 더 나를 잘 안다고 뽐내고 있다. 게으름을 피우지도 않고 감정의 기복도 없다.

자고 일어나면 사람이 하던 일이 AI로 바뀐다. 은행 창구를 이용한 지가 언제인지 모르겠다. 인터넷뱅킹으로, 현금을 찾고 싶으면 ATM기를 이용한다. 커피를 주문할 때도 키오스크를 이용한다. 식당에서 음식을 주문하고 앉아 있으면 서빙 로봇이 배달한다. 인류가 할 수 있는 일들을 야금야금 잠식하고 있다. 고민한다. AI에게 대체되지 않는 '나'로 살아가려면 어떻게 살아가야 할 것인가. 인공지능의 늪에서 앞으로 인류는 얼마나 더 허우적거릴 것인가.

나는 이 세계를 향하여 소심한 한마디를 던진다.

"나를 알아?"

꿀이

　　초봄, 아직 차가운 기운이 가시지 않은 비가 몹시도 내리던 날이었습니다. 겨울옷 정리를 위해 세탁해 둔 패딩 조끼를 다시 꺼내 입었습니다. 그날은 꿀이에게 운명의 날이었습니다. 아마도 작은아들의 눈에 띄지 않았더라면 녀석의 이야기를 들려줄 수 없었을 겁니다. 꿀이에게 작은아들은 생명의 은인인 셈이죠.

　　유채 밭고랑에서 거의 죽을 지경에 이른 고양이를 작은아들이 발견했습니다. 제 자리에서 어떤 물체가 폴짝폴짝 뛰고 있더랍니다. 긴 목줄이 새끼 고양이를 움직이지 못하게 한 모양입니다. 얼마나 울었는지 지쳐서 목소리도 잠겨 입만 뻐끔거렸습니다. 비 맞은 생쥐처럼 덜덜 떨고 있었습니다. 며칠을 굶은 걸까요. 아직 새끼 고양이지만, 궁여지책으로 강아지 먹이를 주었습니다. 허겁지겁 우걱거리며 먹이를 먹었습니다.

집으로 데려가 샤워기를 갖다 대어도 털을 말리느라 드라이기가 왱왱거려도 모든 것을 맡겼는지 벗어나려는 시도조차 하지 않았습니다. 잘 말린 녀석의 털이 벨벳처럼 부드러워졌습니다. 아마도 태어나서 처음으로 하는 목욕이 아닌가 하는 생각이 들었습니다. 며칠 동안 감기를 앓아 기침과 콧물이 멈추지 않았습니다.

주인을 찾아주려고 당근마켓과 지역맘카페에 글을 올렸습니다. '목줄에 묶여 있던 치즈냥이 주인을 찾습니다.' 중성화 수술을 했으면 입양을 원한다는 댓글도 달렸습니다. 하루 이틀 시간이 지날수록 녀석의 애교에 푹 빠져버렸습니다. 목줄을 풀어주어도 눈치를 보아하니 매장 밖으로 나갈 생각은 없었나 봅니다. 이젠 어엿한 매장의 식구가 되었습니다. 제 집인 양 사무실 깊숙한 곳까지 진출했습니다.

새끼 고양이의 이름을 '꿀이'라고 지었습니다. 꿀이 뚝뚝 떨어지게 사랑스러운 고양이라는 뜻입니다. 꿀이라고 잘 부르다가 여러 번 반복하다 보면 '꾸리꾸리'가 되고 맙니다. 불러놓고 박장대소를 합니다. "그래, 너는 꾸리꾸리가 맞아." 낮에는 매장 밖으로 나가 유채꽃에 날아다니는 나비와 벌을 잡으려고 허우적거리다가 바닥으로 곤두박질치는 우스꽝스러운 장면을 지나다 몇 번을 보았습니다. 여지없이 꿀이의 하얀 가슴털은 잿빛이 되고 맙니다. 꿀이의 털을 빨면 구정물이 줄줄 흐를 것 같습니다. 그때는 꾸리꾸리가 되고 만답니다. 날마다 주는 츄르간식을 사양하지 않고 넙죽넙죽 잘도 받아먹습니다. 혹시나 '꿀꿀이'가 되는 건 아닌지 조금 걱정이 되긴 합니다.

매장냥이 꿀이는 밖으로 나가 앞집 뒷집 동네 고양이들과 놀다가 매장 안으로 들어오곤 합니다. 야행성인 고양이는 밤에 도대체 무슨 일을 하는지 궁금하기도 했습니다. 밤에 얼마나 매장 안을 돌아다녔는지, 이유를 모르는 보안회사 직원이 비상 신호가 뜨면 출동하곤 했습니다. 보안 설정을 하고 퇴근했는데, 매장 안에 움직이는 물체가 감지되었다는 겁니다.

아침에 매장 문을 열면서 꿀이의 존재를 확인합니다. "냐~옹~" 하고 나타나는 날이 있는가 하면, 어떤 날은 기척이 없을 때도 있습니다. 밖에서 정신없이 놀다가 매장 문을 닫는 시간을 놓치는 날에는, 어김없이 차 밑에서 기다리고 있곤 하지요.

어느 날 아침, 매장 문을 연 남편이 놀라서 뒤로 넘어갈 뻔했지 뭡니까. 그이 앞에 꿀이가 갖다 놓은 것은 새끼 쥐였습니다. 놀란 가슴을 진정시키고 죽은 쥐를 치웠다고 합니다. 고양이가 뱀이나 쥐를 잡아 사람 앞에 갖다 놓는 행동은 그 사람을 신뢰해서 주는 선물이라는 설과 야생동물의 본능이라는 설이 있습니다.

며칠 전, 유리창에 붙어 있는 파리를 잡으려고 허우적대는 꿀이를 보았습니다. 파리를 잡기는커녕 자기 몸만 몇 번 문에 부딪힌 후 포기하는 걸 보고는 파리도 못 잡는다며 깔깔거리며 비웃었던 것을 알아들은 건 아닐까요. 집사의 '과잉행동을 보이면 거기에 재미가 들려서 강화가 된다.'는 이야기도 있는데 혹시 내 앞에서 그런 일이 일어날까 봐 벌써부터 걱정입니다.

"너는 참 편해서 좋겠다!"

창문에 걸터앉아 창밖 구경을 하거나 늘어지게 의자에 누워 있는 꿀이를 보고, 매장을 드나드는 사람들이 내뱉는 말입니다. 낮에는 일을 하는 남편의 무릎에서 잠자는 것을 좋아합니다. 그러다가 슬금슬금 의자까지 빼앗아 버리곤 합니다. 오죽하면 의자를 마련해서 폭신한 방석까지 준비해 놓았을까요.

그래서 지어진 별명이 '뻔순이'입니다. 꿀이의 또 다른 별명은 '리틀타이거'입니다. 꿀이는 코리안 숏헤어의 흔한 종류로 호랑이 무늬를 하고 있습니다. 녀석이 매장 구석을 어슬렁어슬렁 걸어가고 있습니다. 아마도 낮잠을 어디에서 즐겨야 하나 장소를 찾는 모양입니다.

3

Rremember

안
간
힘

1
발코니에서 화분에 물을 주던
남편의 한 마디
"파내 버려야겠어!"

볼품없는 호접란 화분 하나
두 장의 잎이 잘리고
뿌리도 무참히 잘려나갔다

얼마나 번민의 나날을 보냈을까
문득, 두 개의 꽃대를 밀어 올렸다

2
나비가 떼 지어 날아들었나
때 아닌 눈 호강을 하고 있다

호접란을 바라보는
남편의 마음이 불편했던 걸까

수분을 오래 머금게 한다며
잘린 뿌리에 붕대를 감아 놓고
아침저녁으로 물을 뿌려주며
속죄의 시간을 보내고 있다

여뀌와
메꽃

　　우리 집 신발장에는 책이 꽂혀 있다. 꽂혀 있다기보다 신발장 한 칸에 차곡차곡 쌓아 놓았다는 표현이 맞을 것이다. 그 크기와 무게가 월간지 몇 배라 일반 책꽂이에는 꽂을 수가 없다. 전부 여섯 권으로 된 동양의 명화이다.

　　우리 부부는 같은 회사에서 근무했다. 도심 한복판에 있는 사무실로 참새방앗간처럼 장사꾼들이 몰려들었다. 그럴 때마다 어느 사이엔가 남편의 손에는 물건들이 들려있었다. 이 책도 귀가 얇은 남편이 총각 시절에 사 놓은 것이다. 책을 버릴 수도 없고 이사할 때마다 내 눈꼬리가 치켜 올라갔다.

　　어느 날, 신발장에 있는 여섯 권 중 첫 권을 꺼내 들었다. 책장을 넘겨보는데 그림 한 장이 내 손을 멈추게 했다. 웬일인지 익숙한 색상의 그림. 바로 오만 원권 주인공인 신사임당의 초충도草蟲圖이다. 그녀는 오백 년 후 후손들의 지갑에서 가장 우대받는 지폐의 주인공이 될 것을 상상이나 했을까. 그림에 들어 있는 이야기를 듣고 싶어 이곳저곳 기웃거렸다.

초충도에는 들녘 어디에서나 자라는 풀과 흔히 볼 수 있는 곤충이 등장한다. 나의 관심을 끈 그림은 '산차조기와 사마귀'라는 제목이 붙은 여덟 폭 병풍 중 마지막 그림이다.

어릴 적, 우리 집 올레에는 해바라기의 든든한 줄기를 따라 나팔꽃이 뱅글뱅글 타고 올라가 꽃을 피웠다. 그림 속 여뀌와 메꽃이 하나가 되어 각각의 꽃을 피운 모습이 해바라기와 나팔꽃을 보는 것 같아 정겨웠다.

여뀌는 일년생 초본으로 종자로 번식한다. 우리나라 어디든 평지보다 낮은 길가나 개울가의 습지에서 잘 자란다. 잎은 매운맛을 내서 나물이나 향신료로도 사용한다. 즙으로 만든 누룩으로 술을 빚기도 한다. 뿌리는 약재로 사용하는데 지혈을 하고 통증을 완화해 준다.

남편은 입사하여 첫 발령지가 제주였다. 흔히 말하는 육지 사람이다. 그때 그이에게 제주라는 섬은 낯설고 물선 곳, 잠시 근무하다 미련 없이 떠날 수 있을 거로 생각했을 것이다. 대부분 직원은 빠르면 일 년, 늦어도 이삼 년이면 육지로 발령받아 섬을 떠났다. 혹자는 그이의 조상이 예지 능력이 있었던 것이 아닐까라고 말한다. 이름에 남쪽 바다라는 뜻이 들어있어 결국에는 바다를 건너와 평생의 반려자를 만나는 운명의 이름이라 했다.

처음 몇 년 동안 그이는 섬 안에 갇혀있는 것 같아 많이 힘들어했다. 주말이면 뻔질나게 항공권을 예약하여 육지 나들이를 하곤 했다. 태풍이 불거나 폭설이 내려 모든 이동 수단이 끊기면 그의 마음은 고립의 구덩이에 빠져 가슴이 막힌다고 했다. 그때마다 막힌 가슴을 뚫어내는 방법은 탑동 바닷가 방파제에서 바다를 향해 소리를 질렀노라고 후에 전해 들었다.

종종 어릴 적 지냈던 고향의 풍경을 그리워했다. 자전거를 타고 학교로 향하는 길, 양옆에 사계절을 뚜렷하게 알려주는 플라타너스, 논밭 사이로 난 개울에서 벗들과 물놀이하던 이야기, 좁은 농로를 따라 어머니를 마중 갔던 이야기. 특히 제주의 건천을 보며 많이 답답해했다. 태풍의 단골 지역인 섬은 잊을만하면 그이의 가슴을 짓눌렀다. 그런 그가 이제는 이곳에 뿌리를 내려 어설픈 제주어를 구사하며 살아가고 있다.

메꽃은 다년생 초본의 덩굴식물로 땅속줄기로 번식한다. 들과

밭, 감아올릴 수 있는 물체만 있으면 잘 자란다. 나팔꽃과 낮달맞
이꽃을 닮았다. 다섯 개의 꽃잎으로 이루어져 있고 깔때기 모양이
다. 땅속줄기와 어린순은 식용으로 사용하기도 하고 관상용으로
심기도 한다. 봄여름에 연한 잎과 줄기를 삶아 나물로 무쳐 먹거
나 볶아 먹기도 한다. 당뇨와 만성피로에도 효과가 있고 통증 완
화와 감기 환자에게도 좋다.

나는 제주에서 나고 자랐다. 잠깐의 직장생활을 빼고는 이 섬을
떠나본 적이 없다. 옹포와 협재 앞바다, 멀리 비양도가 내려다보이
는 친정. 막힘없이 보이는 바다는 내 가슴을 확 트이게 하는 풍경
이다. 장에 간 어머니를 기다릴 때, 굽이굽이 읍내로 향하는 길이
훤하게 보였다. 동산만 하나 내려가면 얼음물처럼 차가운 용천수
가 흐른다. 그곳은 여름 한 철 나의 놀이터였다. 산과 바다를 짧
은 시간 안에 접근할 수 있는 이곳이 나는 좋다.

그림을 보면서 의문이 생겼다. 일년생 여뀌와 다년생 메꽃의 조
합, 여뀌는 어찌 되며 메꽃은 또 어찌 되는가. 일년생인 여뀌와 다
년생인 메꽃의 동고동락은 누가 봐도 어리벙벙했다. 서로 오른쪽,
왼쪽으로 도는 게 맞다고 우기는 칡과 등나무의 관계처럼⋯. 둘의
생각은 늘 엇박자였고 듀엣의 화음은 찾아볼 수 없었다. 각자 자
신의 목소리만 들어 달라며 목청을 돋우었다.

여뀌와 메꽃이 만든 그늘 속으로 곤충들이 날아들고 숨어들었다. 남편은 도레미 소리를 높이고 나는 미레도 소리를 낮추다가 어쩌다 레에서 화음이 맞으면 깔깔깔 웃으며 이렇게 잘 맞을 수도 있나 착각하며 살아가고 있다.

남편과 나는 여뀌와 메꽃의 어설픈 그림을 그리는 중이다.

어머니의
의자

일주일에 한두 번, 오전 일정이 없는 날에
는 습관처럼 커피잔을 들고 거실 창가로 향한다. 창 가까이에 놓
여 있는 빨간 의자를 친구 삼아 계절과 날씨에 따라 변화하는 바
깥 풍경에 빠져들곤 한다. 어제와 오늘, 모처럼 쌓인 눈으로 제주
는 하늘길과 바닷길이 모두 막혀버렸다. 공항에서는 매트와 담요
로 하룻밤을 지낸 여행객들의 항의가 빗발쳤다는 뉴스를 들으며
나는 혼잣말로 중얼거렸다.

"하늘이 하시는 일을 사람이 어찌 막을 수 있담?"

창가에서 서성일 때마다 나는 폭신한 소파보다 어머니가 즐겨
앉던 빨간 의자에 눈길이 더 간다. 겨우 엉덩이를 걸칠 수 있는 데

다 오래 앉아 있으면 불편한 의자인데도 말이다. 그때마다 생전에 어머니가 남긴 말 한마디가 가슴 속을 맴돈다.

"5년만 더 살 수 있다면…"

어머니는 둥근 플라스틱 의자에 앉아서 설거지를 하시곤 했다. 허리가 아프기도 하지만 점점 굽는 허리보다 높은 싱크대 때문이었다. 어느 날부터인가는 방석을 네 겹으로 접어 나일론 끈으로 칭칭 감아 사용하였지만, 의자에 묶어 놓은 방석은 얼마 가지 못하고 미끄러지기를 반복하였다.

그 모습이 안쓰럽고 송구스러워서 시내의 의자 가게를 급히 찾아 나섰다. 몇 집을 돌고 나서야 마음속으로 그리던 의자를 구할 수 있었다. 높낮이의 조절이 가능한 데다 허리도 약간 받쳐주는, 360도 돌아가는 회전의자였다. 단숨에 의자를 사서 차에 싣고 친정으로 달려갔다. 의자를 본 어머니는 며칠 동안 졸라 장난감을 얻은 어린아이처럼 좋아하셨다. 그러고는 의자에 앉아 몇 바퀴나 빙글빙글 돌며 함박웃음을 머금으셨다.

삼 년 전 겨울, 어머니는 옆구리가 결린다면서 한의원을 찾아갔다. 침도 맞고 물리치료도 받았지만, 별 차도가 없자 종합병원으로 갔다. 검진 결과가 나오던 날, 오빠는 병원 휴게실에서 급히 가족회의를 열었다. 차마 입을 열지 못하는 오빠의 목소리는 깊은 수렁에 빠진 사람처럼 허둥거렸다. "우리 자식이기를 포기하자!" 그

말에 어머니의 병명을 짐작할 수 있었다. 수술이나 항암치료 같은 의술의 도움을 받기에는 이미 늦어버렸다는 탄식. 이제, 자식들이 할 수 있는 일이란 무엇일까. 떠나시는 날까지 어머니의 곁을 지켜 드리는 것뿐이었다.

병상에서 어머니는 이따금 삶에 대한 강한 애착을 보이셨다. 당신의 시간이 얼마 남지 않았음을 알았는지, 바람처럼 던진 말 한마디가 날아와 가슴에 박혔다.

'5년만, 5년만 더 살 수 있다면…!'

그때 어머니가 왜 5년만 더 살고 싶어 하셨는지에 대해서는 아는 바가 없다. 다만 그것이 당신을 위한 시간이 아니라, 자식들을 위한 일이었으리라 짐작할 뿐이었다. 어머니는 그런 분이었다. 돌아가시는 순간까지도 자식들을 자신의 생명보다 더 중히 여기셨다.

그날 이후, 나는 무릎을 꿇고 하나님께 빌고 또 빌었다. 그러던 어느 날 기도 중에 문득 나도 모르게 튀어나온 말 한마디가 나를 더욱 부끄럽게 했다.

"하나님, 제 생명의 5년을 어머께 드리면 안 될까요?"

그 말이 왜 어머니가 건강하실 때는 나오지 않는지 모르겠다. 이기심인가, 무심함인가. 그 무렵, 나는 교회에서 전임 사역을 맡아 분주한 나날을 보내고 있었다. 휴무인 월요일과 퇴근 이후의 시간, 그리고 주말 오후에나 짬을 낼 수 있었다. 병원을 찾아갈 때는 어머니가 좋아하는 음식을 만들거나, 소문 난 식당을 찾아 음식을 사 들고 가는 것이 고작이었다. 다행히 어머니는 싱겁게 만든 병원 밥에 질렸다며 맛있게 드시곤 했다. 그 모습을 볼 때마다 남아있는 시간이 많지 않다는 생각에 서러움이 북받쳐 올라왔다.

3월이 오면서, 나는 이미 계획해 놓았던 상담대학원 공부를 시작하게 되었다. 휴무인 월요일에 광주에 오가다 보니 몸은 점점 지쳐가고, 어머니와 함께할 수 있는 시간도 줄어들었다. 일에 쫓기면서 잠시 어머니의 병실에 들렀다가 다시 돌아 나오는 발걸음은 늘 돌덩이처럼 무거웠다. 게다가 고통을 덜어내기 위해 어머니의 가슴에 붙인 패치는 사람을 알아보지 못할 정도로 혼수상태에 빠져들게 했다.

어느 월요일, 어머니는 병상에서 두 달도 버티지 못한 채 세상의 끈을 놓아버리셨다. 그 소식을 듣고 나는 학교를 어떻게 빠져나왔는지, 공항까지는 또 어떻게 갔는지, 비행기는 어떻게 탔는지 기억조차 나질 않는다. 다만 강의실에서 허겁지겁 빠져나온 운동장에는 만개한 목련이 눈부시게 생명의 불꽃을 내뿜고 있었고, 몽실몽실한 벚나무의 꽃망울은 새로운 세계를 열기 위한 준비로 분주해 보였다. 그렇게 어머니는 지구를 떠나고, 새로운 생명들은 떼를 지어 지구에 닻을 내리고 있었다.

주인을 잃은 의자는 한동안 친정집 부엌 구석에 덩그러니 놓여 있었다. 그 의자는 얼마 후 우리 집 거실, 볕이 가장 잘 드는 곳으로 자리를 옮겼다. 오늘은 지인이 보내온 드립 커피를 머그잔에 가득 따른 뒤 어머니의 의자로 향했다. 특유의 고소한 향이 방 안 가득 퍼졌다. 폭설로 오후 상담도 연기되고 저녁 모임도 취소된 터라, 모처럼 만에 이 의자에 앉아 기억 저편의 어머니를 불러내어 담소를 나누고 싶어졌다.

따뜻한 커피를 한 모금 들이마시자, 울컥하는 감정이 속수무책으로 밀려와 나는 가슴을 부여잡고 어머니의 빨간 의자에 얼굴을 묻는다.

시간 여행

       길을 걷고 있습니다. 평평한 길에 익숙해진 내 발은 자꾸만 돌부리에 걸려 뒤뚱거립니다. 소달구지도 다니기 힘든 울퉁불퉁한 길. 이 길 끝나는 곳에 여자들이 이용하는 '막은물'과 남자들이 이용하는 '강생이물'이 있었습니다. 막은물은 사방을 돌담으로 쌓고 콘크리트로 돌담 사이를 철통같이 막아 놓았지만, 강생이물은 자연 그대로 노천탕입니다.

  막은물과 강생이물 사이에 우리 논이 있었습니다. 어릴 적 나는 아침이면 부모님의 행방을 꼭 물어보곤 했습니다. 학교에서 돌아오는 길에 집으로 바로 가지 않고 부모님이 일하는 논으로 갔습니다. 우리 논은 여러 개가 층층이 있었는데, 중간쯤 빌레에 펼쳐놓고 먹는 점심은 뭔가 특별했습니다.

아이들은 여름날, 하굣길에 땀이 나면 책가방을 돌 위에 던져놓고 훌훌 벗어 물로 뛰어들었습니다. 언젠가 강생이물을 지나다 눈 둘 곳을 찾아야만 했습니다. 나의 존재를 눈치챈 개구쟁이 녀석들이 혼비백산 물속으로 몸을 숨기던 아련한 기억이 시간을 거슬러 수면 위로 떠오릅니다.

길을 걸으며 오래전 할머니가 들려주던 이야기 속에서 한 소년을 만났습니다. 소년의 이름은 국태라고 합니다. 열다섯 살, 똑똑하고 성실한 국태는 글공부를 열심히 하였습니다. 강생이물을 지나 옹포와 협재를 지나면 금릉이라는 마을이 있는데 그 마을까지 가서 글공부를 했습니다. 그런데 소년이 글공부와 자꾸만 멀어져 갑니다. 훈장님은 멍하니 무엇엔가 홀린 듯 집중을 하지 못하는 소년이 걱정되었습니다. '아맹해도 숭시여, 무신 일이 이신거주. (아무래도 이상하네. 무슨 일이 있는가 보다.)'

"느 요새 무신일 이시냐 무사 양지광 패랑 흐게 몸이 볼레주시 곤지 몰라감시곡 경 정신이 어시니! (너 요즘 무슨일 있니? 왜 얼굴이 파리하고 몸도 마르고, 정신이 없어 보이니?)"

"무신 마씨 엇수다. (아니요. 없어요.)"

"속 시원히 ᄀ르라. (속 시원하게 말해봐라.)" 훈장님이 캐물었습니다.

"실은 양, 저디 마데기 빌레레 감시민 근처녀가 지애집으로 날 불러그네, 구실을 지 입에 물었당 나 입에 주곡 경허명 놀앗수다. (사실은요. '마데기빌레' 쪽으로 가다보면 예쁜처녀가 기와집으로 저를 불렀어요. 구슬을 자기 입에 물었다가 내 입으로 주면서 놀았어요.)"

"이제 내가 근는 대로 해사된다이. (이제 내가 말하는대로 해라.)"

"어떵허코마씨. (어떻게 하면 될까요?)"

"또시 그 처녀가 늘 불렁 구실놀이 헐때랑 뭉캐지마랑 오몰락기 그 구실을 솜겨불라. 경헌 후제 하늘 바레고 땅을 바레고 사람을 바레라. (또 그 처녀가 너를 불러서 구슬놀이를 할 때는 지체하지 말고, 꿀꺽 그 구슬을 삼켜라. 그런 후에 하늘을 바라본 후에 땅을 쳐다보고 사람을 쳐다봐라.)"

국태의 말을 들은 훈장님은 그 처녀가 여우임에 틀림이 없다고 생각했습니다. 그러고는 국태에게 단단히 일렀습니다. 훈장님은 국태가 하늘과 땅, 사람의 이치를 모두 깨닫는 제자가 되기를 바라셨습니다.

집으로 돌아가던 국태를 또 그 어여쁜 처녀가 자기 집으로 들어오라고 했습니다. 여느 날과 마찬가지로 구슬을 갖고 놀이가 시작되었습니다. 국태는 훈장님의 말을 기억해 냈습니다. 처녀가 자기 입으로 구슬을 주자 꿀꺽 삼켰습니다.

"내 구슬 내놔라. 이놈아!"

처녀로 변장했던 여우가 본색을 드러냈습니다. 국태는 그만 뛰

처나오면서 하늘과 땅은 보지 못하고 사람만 보게 되었답니다. 그는 훗날 훈장님의 말씀대로 명의가 되었습니다. 사람의 겉모습만 봐도 몸속에 병이 무엇인지 훤히 알게 되었습니다.

어느 해에 제주에 부임한 목사가 쳇병에 걸려 여러 날 식음을 전폐하고 고통을 받고 있었습니다. 이에 신하들이 명월 진에 사는 진좌수가 명의로서 쳇병을 고칠 것이라는 이야기를 전하자, 제주목사는 그를 부르도록 신하들에게 명령을 내렸습니다.

진좌수는 명월 진에서 성안으로 들어갈 때 나막신을 신고 긴 담배 통대를 입에 문 채 뒷짐을 지고 거만하게 관덕정 마당에 이르렀습니다. 목사에게 나아가는 데 허리를 굽히는 기색도 없이 담뱃대를 물고 있었습니다. 이방 형리들이 그의 거만한 행동에 야단을 쳤습니다.

"건방진 놈, 아무리 명의라지만 목사 앞에서 그 행동이 무엇이냐?"

이 소란을 멀찌감치 지켜보던 목사도 화가 머리끝까지 났습니다.

"고얀 놈 같으니라고, 너 같은 놈에게 내 병을 고치도록 맡길 수 없다." 큰소리로 호통을 치는 바람에 목에 걸렸던 체가 나오고 말았습니다. 그때야 진좌수는 목사 앞에서 사정 이야기를 했습니다. 이렇게 진좌수는 약도 쓰지 않고 목사의 병을 고쳤습니다.

얼마나 유명했는지 천릿길도 마다하지 않고 사람들이 찾아왔습니다. 좌수라는 벼슬까지 얻게 되었습니다. 좌수라는 벼슬을 얻게 된 일은 바로 조선 영조의 등창을 고쳐드렸기 때문입니다. 제주도에서는 월계 진좌수하면 모르는 사람이 없을 정도였습니다.

진좌수가 죽은 이후에도 혼령이 되어 병을 고쳤다고 합니다. 학질로 고생하던 어떤 사람이 진좌수 묘를 찾아가 누비요를 덮고 잠을 자는데 백발노인이 나타나 침이나 한 대 맞으라 하면서 침을 놓았습니다. 침 맞은 자리가 뜨끔해서 깨어보니 꿈이었습니다. 거짓말같이 곧바로 학질이 나았습니다.

"족은년아, 진좌시 이야긴 맷 번을 들어도 잘도 재미져라. (작은년아, 진좌수 이야기는 몇 번을 들어도 너무 재미있더라.)" 할머니의 목소리가 들리는 것만 같습니다.

의미 있는 여행이었습니다. 병을 고치기 위해 시간과 거리를 따지지 않고 남을 위해 살았던 진좌수의 발끝이라도 따라가 보자는 작은 소망을 마음에 담아봅니다.

내 눈에
콩깍지

내가 길고양이의 이름을 짓는 방법은 무성의하기 짝이 없다. 검으면 검둥이, 희면 흰둥이, 검정과 하양이 섞여 있으면 얼룩이다. 소설 속 멋진 주인공의 이름을 지어주는 집사도 더러 보았다. 그에 비하면 심사숙고할 겨를도 없이 즉흥적이다.

흰둥이는 생김새가 독특하다. 얼룩이의 새끼인 흰둥이는 온몸이 하얗다. 신기하게도 귀와 꼬리만 누가 일부러 염색해 놓은 것처럼 검은색이다. 한 배에서 태어난 다른 녀석들은 어미를 닮아 얼룩덜룩한 털을 가졌고 얼굴이 넙데데한데, 녀석의 얼굴은 아기 주먹만 하다.

언제부터인가 어미 얼룩이의 배가 볼록하게 불러만 갔다. 멀리서 눈만 마주쳐도 하악질을 하며 사람을 무시로 경계했다. 길 건너 컨테이너 아래가 거처인 얼룩이를 며칠 만에 만났다. 홀쭉해진 배, 분명 새끼를 낳았는데 어찌나 단속을 잘해 놓았는지 새끼들의 모습은 볼 수가 없었다. 햇살이 골목 가득 내리쬐던 날, 꼬물꼬물 네 마리의 새끼 고양이가 볕 바른 곳으로 기어 나왔다.

어미를 닮은 얼룩이 두 마리는 오두방정을 떨며 장난을 치는데, 유독 검둥이와 흰둥이는 비실거렸다. 그중에 검둥이는 눈곱으로 눈이 다 들러붙어 있었다. 먹이를 갖다주어도 검둥이는 먹을 생각이 없어 보였다, 평소 같으면 게 눈 감추듯 먹어 치웠을 참치 간식을 갖다주어도 울음을 그치지 않았다. '야옹야옹' 목이 쉬어라 울어도 어미는 본체만체였다.

검둥이의 행방을 모른 채 한참을 지냈다. 밤낮으로 우는 모습을 보다 못한 컨테이너 주인이 동물보호센터에 신고했단다. 살아있을 가능성은 희박해 보인다는 전언이었다. 형제 검둥이의 눈병을 흰둥이에게 옮기고 떠나버린 걸까. 흰둥이는 술에 취한 것처럼 갈지자로 정처 없이 걸어 다녔다. 뒷골목이지만 속도를 내서 달리는 자동차와 질주하는 오토바이가 수시로 지나간다. 녀석이 어떻게 살아갈지 걱정이 앞섰다.

고양이의 동공은 사람의 세배나 되며, 뛰어난 동체시력으로 공간을 구별하고 움직이는 물체를 구분하는 능력도 뛰어나다고 한다. 먹이를 얻고 밤에도 사냥을 잘할 수 있는 것은 특별한 시력을 갖고 있기 때문인 데, 흰둥이는 생존에 필요한 시력을 잃어가고 있었다.

무슨 좋은 수가 없을까 생각하던 차에 항생제를 먹이면 염증이 사라질 것 같았다. 며칠 전 병원에서 받은 항생제 몇 알을 떠올렸다. 항생제를 분쇄기에 갈아 사료 위에다 사르르 토핑해 주었다. 지성이면 감천 이랬던가. 하루가 다르게 흰둥이의 눈이 호전을 보였다.

어느 날, 출근길에 내 눈에 띈 풍경. 꺼내 놓은 물건 더미에서 흰둥이가 야단법석을 떨고 있었다. '흰둥아-' 부르면 귀를 쫑긋 세우고 금방이라도 뛰어올 자세를 취하곤 한다. 먹이를 주면 맨 먼저 공이 굴러다니는 것처럼 쪼르르 달려온다. 먹이를 들고 가는 나를 마중 나와 발길에 챌 듯 쫄래쫄래 따라다닌다.

녀석들에게 사료집 아르바이트생이 가끔은 통이 넘칠 만큼 먹이를 주었다. 그런 날은 싸해진 느낌을 피할 수 없었다. 저녁에 비가 내리면 먹이통에 남은 사료가 둥둥 떠다녔다. 집사인 나의 손길이 바빠졌다. 통을 깨끗이 비워 닦아내고 새로운 먹이를 놓아주었다. 굶어도 물에 불은 먹이를 본체만체한다는 사실을 알았다.

얼룩이 가족에게 내가 최고의 인기를 끄는 시간은 월요일 아침이다. 주말 동안 누구에게도 관심을 받지 못한 녀석들은 목이 빠져라 나를 기다린다. 차에서 내리는 나에게 얼른 달려와서는 '배고프단 말이에요. 어서 밥 주세요.'라며 당당하게 요구하는 것처럼 보인다. 여전히 나를 경계하는 어미조차 식사 준비를 하려는지 먹이통 근처까지 접근한다.

매장 문이 열려 있을 때는 떼거리로 안으로 들어와 매장 냥이 꿀이의 심기를 긁어놓는다. 소심한 꿀이는 원망하는 표정으로 구원의 손길을 바라는 간절한 울음을 울어댄다.

나른한 오후 동네 한 바퀴를 산책하고 돌아오는 길에, 행동반경이 넓어진 얼룩이 가족과 마주치곤 한다. 아마도 무밭 건너 식당에서 점심 한 끼를 해결하고 돌아오는 모양이었다.

얼룩이네 가족이 기척이 없으면, 자못 궁금하여 컨테이너 앞에 쪼그리고 앉아 아래쪽을 향해 소곤거린다. "흰둥아, 뭐 하니?" 알아듣기라도 하는 듯 눈을 비비며 맨 먼저 나오는 녀석은 흰둥이다.

계절이 겨울로 접어들면서, 큰길에서부터 골목으로 불어오는 바람은 쏜살같이 내달린다. 밤의 길이는 길어지고, 바람막이도 없는 흰둥이의 집엔 바람을 피할 방도가 없다. 설상가상 눈 소식에 거념(돌봄)에 찬 나의 고민은 깊어만 간다.

어머니와
밥

새해가 되면서 '세이레 특별새벽기도회'가
시작되었다.

내 마음은 참석해야 할지 말아야 할지, 지킬박사와 하이드처럼
낮과 밤으로 바뀌었다. 하지만 그동안 해이해진 믿음을 추슬러 세
우려는 생각과 여러 사람에게 기도 부탁을 받은 터라 빠지지 않고
참석 중이다. 일주일이 지나자 신체 리듬이 깨졌을까 꼬박꼬박 챙
겨 먹던 아침밥이 넘어가질 않는다. 그래도 배고픔은 참을 수 없어
동네 샌드위치 가게로 향했다. 빵과 크기를 정하고 주문을 한 뒤
자리를 찾아 앉았다. 이른 시간인데도 차와 샌드위치로 아침을 대
신하는 사람들과 주문하고 포장을 해가려고 서서 기다리는 사람

도 있었다.

'먹기 위해 사는가. 살기 위해 먹는가'의 문제는 창조주가 인류를 창조한 그때로부터 지금까지 떼려야 뗄 수 없는 생존의 문제가 아닌가. 오죽하면 직업을 밥벌이라고 했을까.

"밥은 먹고 다니냐?"

"언제 우리 밥 먹자."

이 말은 인사치레로 곧잘 나누는 말이다. 아니, 어쩌면 밥은 관심의 표현이 아닌가. 요즘 저녁 시간대에 텔레비전을 켜면, 먹는 방송이 방영 중이고 채널을 돌려도 여전히 먹는 방송 중인 것을 보면 사람들이 먹는 것에 대한 관심이 지대한 것을 본다. 최근 십 대들이 선망하는 직업 1위는 연예인에서 크리에이터로 바뀌었다. 그것도 먹는 방송인이 되는 것이다.

밥을 같이 먹는다는 것은 웬만하게 친한 사이가 아니라면 같이 하기 어려운 일 중의 하나이다. 나는 밥을 먹을 때 사람을 무척이나 가리는 편이다. 언젠가 불편한 사람과 저녁을 같이 먹은 후, 밤새도록 체하고 이튿날 병원 신세를 진 적이 있다. 간혹 반대의 경우도 더러 있긴 하다. 서먹한 사이지만 밥을 같이 먹고 난 다음에 급격히 친해지면서 풀리지 않던 문제도 풀리는 수가 있다.

우리 가족은 할머니와 부모님, 일곱이나 되는 형제자매들. 모두 열 명이었다. 어머니는 가족 모두의 생일을 기억하였다가 미역국을 끓여주셨다. 하루 스물네 시간이 모자란 팍팍한 삶을 살았던 어머니가 어떻게 그게 가능했을까. 내겐 도무지 불가능한 일처럼 보인다. 몇 걸음을 걸어가면 마트와 식당이 즐비한 도시 한복판에 살면서도 식구들의 끼니를 준비하는 것이 살면 살수록 버거운 일이다.

어머니의 하루는 이른 새벽부터 시작되었다. 식구들의 하루 양식인 밥을 큰 무쇠솥에 짓기 시작하며 나머지 아궁이에도 불을 지폈다. 잠결에 부엌에서 '탁탁' 아궁이에 불을 때며 부지깽이로 땔감을 가라앉히는 소리를 들으며, 조금 있으면 차례대로 언니들의 이름을 부를 것이라는 예측을 했다. 그럴 때 나는 이불을 머리 위로 둘러쓰고 귀를 틀어막곤 하였다. 조금은 오래 버틸 수 있는 막내딸의 특권이었다.

어머니의 밥은 평범하기 그지없었다. 맛에서도 그렇고 모양에서도 투박했다. 그냥 야채도 손으로 북북 찢어서 넣고, 뭔가 툭 털어서 휘휘 저으면 다 되는 요리였다. 내가 어머니의 나이가 되고 보니 어머니의 밥은 최상의 건강식이었다는 것을 깨닫게 된다. 군더더기 없는 담백한 맛, 갓 캐낸 신선한 재료로 만든 소박한 밥상이었다.

친정집에 들를 때마다 어머니는 "밥 먹고 가라."는 말을 입에 달고 하셨다. 그냥 허투루 말로만 하는 것이 아니었다. 말과 동시에 벌써 가스레인지에 불을 켜고 밥주걱을 든다. 밥통에는 밥이 떨어지는 일이 거의 없었고 국이나 찌개는 항상 준비되어 있었다. 오다 가다 불쑥 찾아오는 자식들에 대한 준비였을까. 특별한 음식을 만들었을 때는 몇 숟가락이라도 떠보라고 안 먹는다는 내 의견 따위는 아랑곳하지 않고 상을 차리곤 하셨다.

마지못해 숟가락을 드는 나를 향해 한마디 하셨다.

"한 끼 굶으면 십 년 감기 한다."

밥이 보약이라는 어머니식 표현이었다. 나는 이 말을 뼛속까지 새긴 듯하다. 웬만한 일이 아니면 끼니를 거르는 일이 거의 없다. 새벽 일찍 집을 나설 때도 어김없이 아침을 챙겨 먹는다. 전날 저녁에 미리 밥을 준비하고, 아침에는 밥을 먹는 시간을 계산해서 일찍 일어난다. 밥 먹는 시간을 방해받는 것도 싫어한다. 무엇보다 우선으로 챙기는 것이 밥이다. 그 덕분일까. 아직 잔병치레 없이 하루하루 잘 지내고 있다. 식구들의 밥을 준비하며 문득, 이현주 시인의 '밥 먹는 자식에게'라는 시가 생각났다.

천천히 씹어서
공손히 삼켜라

봄에서 여름 지나 가을까지
비바람 땡볕으로 익어온 쌀인데

그렇게 허겁지겁 먹어서야
어느 틈에 고마운 마음이 들겠느냐

사람이 고마운 줄을 모르면
그게 사람이 아닌 거여

어머니도 밥을 하기 싫을 때가 있었을 텐데…. 가만히 앉아 대접받고 싶을 때도 있었을 테고. 너무나도 당연하게 매 끼니 먹었던 어머니의 밥. 그냥 쉽게 언제까지 먹을 수 있을 줄 알았다. 그러나 지금은 들을 수 없는 그리운 한 마디.
　"밥 먹고 가라!"

치유 治癒

　　뜨거운 물을 대야에 가득 채운다. 종일 밖에서 차가워진 나의 발에 대한 예를 갖추는 시간이다. 발이 차가워지면 마음에도 틈이 생겨 쌩하게 바람이 들어온다. 욕실 방석에 엉덩이를 걸치고 발을 담근다. 발끝에서부터 천천히 온기가 머리끝까지 밀려 올라온다. 비로소 내 마음에 온도가 정상으로 돌아온다.

　　중산간 마을의 집에서 학교까지 가는 길은 험하고 멀었다. 여름 홍수에 흙이 다 쓸려 내려간 한길에는 돌멩이만 나뒹굴었다, 울퉁불퉁 비포장도로를 걸어가는 것이 힘에 부쳤다. 높은 동산을 내려 학교로 향하는 길은 늘 맞바람이 걸음을 방해했다. 엎친 데 덮친

격일까. 자주 내리는 싸락눈은 나의 뺨을 사정없이 후려치고 지나 갔다. 도저히 눈을 뜨고 앞으로 걸어가는 것이 불가능해지면, 뒤로 돌아 뒷걸음질을 치며 동산을 내려가곤 했다.

변변한 내복도 없던 시절. 물려받은 바지는 쫀쫀했던 직조가 헐거워져 엉긴 틈 사이로 바람이 사정없이 들이쳤다. 점심으로 싸간 네모난 양은도시락은 배고픔을 달랠 수는 있어도 내 몸을 따뜻하게 녹여주지는 못했다. 겨우내 손등은 터 있었고, 심할 때는 갈라져 피가 고이곤 했다.

고등학교 때 시내로 나오면서 자취생활이 시작되었다. 난방이 안 되는 단칸방. 부엌이랄 것도 없이 신발 벗는 출입구 구석에 작은 석유곤로가 놓이고, 나무 선반 하나를 달자 그곳이 부엌이 되었다. 석유곤로가 전부인 부엌에서 물을 데우거나 온수는 꿈도 꿀 수 없었다. 어스름 새벽에 겨우 눈을 뜨고 일어나 수돗가로 향했다.

이웃집 블록 벽 한 면과 차광막으로 하늘만 겨우 가려진 수돗가에는 한겨울 매서운 바람이 몰아쳤다. 밤새 차가워질 대로 차가워진 수도꼭지에서 나오는 물은 얼음이 되기 일보 직전이었다. 그 물에 머리를 감았다. 달랑 수건 한 장으로 물기를 닦아내기엔 역부족이었다. 학교에 가려고 버스정류장에서 한참을 기다리노라면 머리카락에서 바스락거리는 소리가 들렸다.

초등학교 사회 교과서에는 남한과 북한의 가정생활을 비교하는 장면이 나온다. 남한의 가정은 텔레비전이 있고 어른들 앞에서 재롱을 부리는 어린이가 활짝 웃고 있는 모습을, 북한의 가정은 백열전구 아래서 온 가족이 고개를 숙이고 있는 근심 어린 모습이었다. 왜 나는 남한에 살고 있는데, 북한의 가정과 같은 집에 살고 있는지 궁금증이 생겼다.

부모님에게 일곱 남매를 먹여 살리는 것은 힘겨운 일이었다. 어머니는 살림이 쪼들릴 때마다 옆집 할머니께 돈을 꾸어다 임시변통을 했던 것 같다. 괸당이 살고 있는 옆집과 우리 집의 경계인 돌담은 사람이 넘어 다닐 만큼 낮았다. 돌담 아래는 디딤돌까지 놓여 있었다. 약속한 날짜에 돈을 갚지 못하면 옆집 할머니가 돌담을 넘어설 때부터 우리 집은 침울한 기운이 감돌았다.

어떤 날은 식전 댓바람부터 찾아올 때도 있었다. 무슨 대화가 오갔는지는 모른다. 하지만 방문 후의 분위기를 보고 눈치를 챘다. 우리를 흘끔 쳐다보고는 가자미눈을 뜨고 혀를 끌끌 차며 알아듣지 못할 말을 혼자 중얼거렸다. 어느 날은 돌담에 걸터앉아 돈을 달라고 소리 질렀다. 그날 저녁은 부모님의 마음이 고스란히 나에게로 전해졌다. 우리 집은 교과서에 나오는 북한의 가정과 별반 차이가 나지 않았다.

'과잉 기억 증후군'이라는 것이 있다. 삶에서 겪은 사건이나 경험에 관한 기억을 과도하게 갖고 있는 경우이다. 일종의 기억장애이기도 하다. '눈으로 본 것', '귀로 들은 것'을 당시에 느꼈던 생생한 영상과 감정을 모두 뇌가 기억하는 것이다. 이 기억의 효과 덕분일까. 뜨거운 물 한 바가지에도 자족의 마음으로 살아갈 수 있으니….

중년의 내가 내 어린 시절 십 대의 소녀를 불러낸다. 소녀의 시린 모습과 마주한다. 차디찬 뺨에 가만히 내 뺨을 갖다 대고 언 손을 내 가슴에 묻는다. 차가워진 발을 따뜻한 물이 가득 찬 대야에 담근다. 겨울이 깊어지면 이 의식은 내 어린 시절 어려웠던 삶을 치유해 주는 통로이다.

별난 놈

    오늘은 나에게 특별한 날이다. 그동안 여자 친구를 사귀며 연애를 일삼던 작은아들이 이제는 마침표를 찍으려는지 결혼을 하겠다며 일방적으로 통보해 왔다. 여자 친구의 고향이 제주가 아니다 보니 양가 부모가 만나는 상견례 날을 정하기가 쉽지 않았다. 그날이 오늘이다

   생애 주기마다 평범한 길을 걷는 형과는 달리 작은아들은 기상천외하고 황당해서 감당하기 어려운 일을 많이 겪게 했다. 그 일들은 폭풍과 세찬 바람처럼 오기도 했지만, 따스한 봄바람으로 가뭄의 단비로 우리 부부에게 다가오기도 했다. 나는 형제애를 쌓아가도록 약간의 의도를 담아 두 살 위의 형과 같은 베개와 옷을 사주

고 학원도 같은 데를 보냈다. 침실엔 이 층 침대를 들여놓고 공부
방 책상은 두 개를 붙여서 같이 쓰게 했다. 형제는 무엇을 해도 함
께였다.

광주에서 직장 생활을 하고 있던 나는 둘째를 임신하자마자 다
니던 직장을 그만두었다. 친정어머니 곁에서 아기를 낳고 몸조리
하고 싶은 마음에 남편은 단신 부임자들이 생활하는 회사 합숙소
로 들어가고, 나는 제주로 이삿짐을 싸서 내려왔다.

예정보다 일찍 아기가 태어나던 날, 광주에 있던 남편이 제일 궁
금해하던 것은 '누굴 닮았는지?'였다. 그때 나는 잠깐의 주저함도
없이 '부시맨'이라고 대답했다. 하늘에서 떨어진 콜라병을 신줏단
지 모시듯 아끼는 아프리카의 흑인. 까무잡잡한 피부에 얼굴의 반
을 차지하는 큰 코, 곱슬곱슬한 머리카락, 어찌나 울어대는지 다
붙어버린 눈과 자글자글한 주름이 영락없는 부시맨이었다. 이 대
답은 남편을 적잖이 근심케 했던 것 같다. 주말에 아기를 본 남편
의 첫마디는 "휴, 이만하면 괜찮네."라고 했다. 세상 빛을 보고 젖
살이 생긴 이후였다.

퇴근이 늦어진다는 남편의 전화를 받은 어느 날, 냉장고에서 꺼
내 놓은 저녁 재료들을 다시 집어넣고 셋이 함께 외식하러 나갔다.
밥을 먹는 데 장난기가 발동했다.

"앗, 지갑을 두고 나왔네."

눈치챈 듯 말이 없는 형을 두고 작은아들이 눈을 동그랗게 뜨고 물었다.

"어떻게 할 거예요?"

"할 수 없지 뭐. 너희들이 잡혀서 홀 청소하고 설거지하고 있으면⋯."

식사가 끝나도 벽에 걸린 텔레비전을 응시하며 일어날 기미를 보이지 않는 나에게 귓속말로 속삭였다. 카운터에 있던 주인이 주방으로 들어간 때였다.

"엄마~ 지금이 뛸 때예요!"

작은아들은 진짜 달릴 자세를 갖추고 나에게 손으로 어서 뛰라는 수신호를 보냈다. 나는 그만 웃음을 터트리고 말았다. 과연 작은아들다운 발상이었다.

작은아들은 짧은 머리를 해야 하는 중학교 입학을 앞두고 어쩔 수 없이 자른 머리카락이 마음에 안 들었는지 모자를 눌러쓰고 다녔다. 한 학기 동안 긴 머리카락을 고수하며 정문을 통과하지 않고, 아파트와 학교 사이에 있는 울타리를 이용해 도둑고양이처럼 드나들었다. 아니나 다를까. 생활 주임이 부모 면담을 요청해 왔다. 요지는 작은아들이 학교 분위기를 흐리고 있다는 것이다. 여름 방학이 끝나고 개학 날이 다가왔지만, 덥수룩해진 머리카락은

자를 생각이 없어 보였다. 협박 반, 타협 반 아이에게 통사정했건만 요지부동이었다. 개학 후 아이들은 하나둘, 아들의 눈치를 보면서 버티고 있었다. 결국 학교는 더벅머리로 등교하는 학생들을 더는 어쩌지 못해 두 손을 들어버렸다. 두발 자유화가 그때부터 시작되었다.

고등학교 3학년 성탄절을 전후하여 전국의 친구들이 제주에서 뭉쳤다. 아들보다 두 살 많은 동기가 운전면허증을 갖고 있었다. 승합차를 렌트해 준 남편은 불안한 마음에 기꺼이 기사가 되어 그들의 길을 안내했다.

마지막 날, 딴에는 특별한 시간을 보내고 싶었던 걸까. 남편을 빼고 친구들끼리 간식을 마련하여 이호해수욕장엘 갔다. 영화와 광고에서나 봤던 백사장을 달리는 멋진 장면을 연출하려다 사고를 내고 말았다. 백사장 깊숙한 곳까지 들어간 승합차는 오도 가도 못하고 멈춰버렸다. 레커차마저도 모래사장에 들어가 차를 빼낼 수는 없다고 했다. 코를 베어 갈 듯, 살을 파고드는 세찬 바람이 부는 바닷가에서 밤새 삽질을 해댔지만 그럴수록 차는 점점 더 깊숙이 내려앉았다. 백사장 정화 작업을 위하여 새벽에 일하러 나온 고마운 분의 굴삭기가 끌어줘서 겨우 나올 수 있었다. 포장해 간 떡볶이, 순대와 함께 아이들도 밤새 퉁퉁 불어 터졌다.

날씨가 심상치 않았다. 아침에 들려온 소식은 전국적으로 때아닌 대설특보가 내리고, 거센 바람에 제주 공항은 윈드시어가 발효 중이라 비행기가 결항 되었다고 했다. 오후 비행기를 예약했지만 몇 분 만에 결항되는 바람에 발만 동동 구르고 있다고…. 왜 날씨는 우리를 도와주지 않는 걸까. 쉽지 않은 길을 나서려고 며칠 전부터 준비했을 텐데. 기다리는 우리 쪽보다 하늘길이 막혀 못 내려오는 상대는 더 기가 막힐 터였다.

작은아들의 결혼을 앞둔 지금. 다시 우리 부부의 나무가 흔들린다. 언제쯤이면 뿌리 깊은 나무로 유유자적하게 서 있을 수 있을까. 가능성은 요원해 보인다. 별난 놈이 또 어떤 세상을 살아갈 것인가. 아마도 그만의 예측불허의 방법으로 살아갈 것이다. 우리 부부는 기대 반 걱정 반으로 숨 고르기를 하며, 두 손을 모아 간절한 기도를 올린다.

그래도 봄

　　이십사절기 중 세 번째 절기인 경칩이다. 증명이라도 하듯 하늘이 맑고 푸르다. 멀리 보이는 수평선의 잔잔함은 흔들리는 마음을 고요로 이끈다. 하늘과 바다의 공동작품으로 은빛 물결을 만들어 낸다. 옛 어른들은 경칩을 '손이 없는 날'로 집 안팎을 정비하는 일을 했다고 한다.

　　봄이 왔는 데도 해마다 삼사일 먼저 봄소식을 알려오는 서귀포 후배에게선 아직 소식이 없다. 여느 해 같았으면 꽃구경으로 붐볐을 산과 들녘은 한산하기 그지없다. 공존과 공생의 관계인 자연과 인간이 지금처럼 무심하게 바라봤던 때가 있었을까. 춘래불사춘春

來不似春이다. 봄이 왔지만 봄을 노래할 수 없다. 일상은 멈춰버리고 인터넷과 텔레비전 뉴스는 코로나19로 시작해서 코로나19로 끝이 난다.

육안으로는 볼 수 없는 작은 바이러스가 나의 삶을, 우리의 일상을, 세상의 판도를 바꿔 놓았다. 공무원과 의료진을 앞세워 나라가 온 힘을 바쳐 이 바이러스 퇴치에 진땀을 빼는 중이다.

삶의 변화는 지척에서 시작되었다. 엘리베이터 안에서 인사하는 것이 무례한 행동이 되어 버렸다. "안녕하세요."라는 인사는 상대방을 오히려 불편하게 만든다. 가뜩이나 멀어진 이웃 간의 거리를 더 벌려놓았다. 타인을 위한 배려로 마스크를 쓰는 것은 당연한 일이다.

마스크 때문에 표정을 잃어버린 사람들, 얼굴을 감추기 위해 범죄에 사용하거나 연예인들이 얼굴을 가리기 위해 썼던 마스크는 필수 아이템이 되었다. 마스크는 귀한 물건이 되어서 신분증을 제시해야만 살 수 있다. 이 물건을 사기 위해 길게 늘어선 줄을 보면 형언할 수 없는 답답함과 안타까움이 인다.

멕시코에서는 백 년의 역사를 자랑하는 맥주 회사가 '코로나'라는 브랜드 이름 때문에 곤욕을 치르고 있다. 코로나는 왕관이나 광륜을 뜻하는 라틴어 코로나에서 유래되었다. 코로나바이러스를 전자현미경으로 보면, 가장자리에 둥글납작한 표면이 왕관의 모양을 닮아 그런 이름이 붙여졌다고 한다.

바이러스와 박테리아를 구분하지 못하는 어떤 이는 나라의 총리를 잘못 세워서 코로나가 창궐하고 있다는 웃지 못할 말을 남기기도 했다.

과연 내년 이맘때쯤에는 꽃소식을 들을 수나 있는 걸까. 잃어버린 우리의 일상이 제 자리를 찾는 날은 언제쯤일까. 너무 평범해서 가치조차 부여하지 않았던 일상은 우리에게 높은 이상이 되고 말았다. 보통의 날이 너무나도 간절한 또 하루를 보낸다.

주변을 둘러볼 여유조차 없던 시절이 있었다. 불안한 미래, 암담한 날들…. 다가오는 문제에 맞서 발버둥 쳐 보았지만, 아무 소용이 없음을 한참을 지난 뒤에 깨달았다. 돈과 명예, 지식도 비껴가지 않는 코로나바이러스의 공평함은 우리에게 어떤 메시지를 전해주고 싶은 것일까.

동면했던 땅속의 동물들은 이제 잠에서 깨어나 조물주가 허락한 대지 위에서 생육하고 번성하는 자신들의 시간이 왔음을 알고는 있는 걸까. 우리의 봄은 어디쯤 오고 있는 것일까. 코끝을 스치는 바람에 제법 따사로움이 묻어난다. 이제 봄바람을 타고 철새가 날아들고 나뭇가지에는 새순이 돋아나며 꽃이 따라 피면서 살아있음을 보여줄 것이다.

상상한다. 누군가 바지런히 돌아가던 우리의 일상에 일시 정지 버튼을 눌러버렸다면, 이제 재생 버튼을 눌러 주기를 간절히 바랄 뿐이다.

그리고 덧붙인다.

"이 고통의 시간이 길지 않게 하소서!"

4

Rremember

설
마

부부가 운영하는 세탁소
솜씨가 좋아 단골이 되었다
지금쯤이면 기억해 줄 때도 되었는데
갈 때마다 이름이 뭐냐고 묻는다
"안녕히 계세요."
인사를 해도 답이 없다

여름 바지 수선을 맡기러 갔는데
'병원 갑니다.'
종이 한 장 달랑 붙여 놓았다
오후에도, 다음 날에도 전화를 받지 않는다

가는 길에 고개를 돌려 문이 열렸는지
확인하는 것이 일상이 되었다
어느새 붙어있던 알림 종이는
한쪽이 떼어져 펄럭인다
'제발….'

달포가 지났을까
출입구에 큼직한 광고가 나붙었다
'점포 임대.'

가황이
돌아왔다

　　한 해의 끝자락에 섰다. 늘 이맘때쯤이면 다사다난했던 한 해를 마무리하며, 올해에 있었던 사건·사고 중 TOP10을 뽑아 걸어온 길을 돌아보게 한다. 올해는 여느 해와 달리 난데없는 불청객 코로나19 바이러스로 시간이 어떻게 지났는지 모르게 흘러가 버렸다. 모든 시간을 허비해 버린 상실감이 상당하다. 그래도 올해를 뜨겁게 달군 화두 하나 있었으니 '아, 테스 형 세상이 왜 이래?'가 떠오른다.

　　그가 십오 년 만에 텔레비전에 모습을 드러냈다. 호탕한 웃음과 솔직한 입담으로 시작된 그의 콘서트는 상상 이상이었다. 자신이 부르는 노래 대부분을 작사·작곡까지 하는 그는, '싱어송라이터

나훈아'의 재능을 다시금 깨닫게 해 주었다. 패션 스타일링도 특별했다. 한복, 찢어진 청바지, 민소매 티, 맨발까지 전 세대를 넘나들었다. 흰 러닝셔츠에 찢어진 청바지를 입고 노래를 부르는 모습은 영화 '보헤미안 랩소디'에서 본 그룹 퀸의 보컬, 프레디 머큐리를 보는 듯했다.

그는 추석 연휴, 시월의 마지막 밤에 많은 사람을 TV 앞으로 이끌어 지친 인생들을 위로했다. 콘서트의 제목은 '대한민국 어게인 나훈아'이다. 그는 공연에서 팔색조라는 표현이 부족할 정도로 변화무쌍한 퍼포먼스를 선보이며 데뷔 55년 차에 아직도 건재한 레전드의 진면모를 보여주었다.

사람들의 공감을 얻은 것은 그의 노래만이 아니었다. 코로나19로 지친 국민의 마음을 헤아리는 그의 말 한마디 한마디였다. 공연 내내 필터링이 필요 없는 거침없는 발언으로 무수한 온택트 관객들을 응원했다.

그의 공연은 비대면 시대에 서막을 열었다고나 할까. 사회 전반에 불어 닥친 코로나19로 인한 혹독한 한파를 직격으로 맞은 분야가 공연계였으니. 겨울을 지내고 있던 공연계에서 색다른 방식의 공연으로 조사기관에서조차 깜짝 놀랄 시청률을 기록하면서 그의 압도적인 존재감을 실감하게 했다. 명불허전, 가황, 싱어송라이터, 레전드 공연의 정석 등 많은 수식어가 그에게 붙여졌다.

십오 년 전, 모 방송국 주관으로 서귀포 컨벤션 센터에서 그의 콘서트가 있었다. 친정 부모님과 언니, 네 명의 입장권을 구매하고 라이브 무대에 함께 하게 되었다. 어머니는 공연이 썩 마음에 안 들었는지 돌아오는 내내 멀미를 하셨다. 어머니의 표현대로라면 난데없는 머슴같이 생긴 남자 가수 한 명만 나와서 무척 지루하다고 하셨다. 어머니가 즐겨보시던 가요무대처럼 여러 명의 가수가 나와서 노래를 부르는 것으로 안 것이다. 언니와 나는 신이 났다. 거침없이 쏟아지는 입담, 관객을 쥐락펴락하는 말솜씨. 무대를 장악하는 힘에 더해, 스텝들과 오케스트라의 환상적인 호흡은 감탄을 자아냈다. 준비를 얼마나 했으면 그런 콘서트가 가능한 것일까.

이 콘서트를 마지막으로 그는 온, 오프라인에서 자취를 감췄다. 풍문으로 잠적설, 뇌경색설, 도미설 등 각종 루머와 오해를 불러일으켰다. 평소에 붙여졌던 신비주의 이미지를 덧대었다. 그는 이번 텔레비전 무대를 통해 이 억측을 완전히 없애고 여전히 건재한 현재 진행형 가수의 모습을 보여주었다.

고대 철학자 소크라테스를 소환해 작금의 세태를 향한 질문은 올해의 신조어가 되었다. 출발선이 다른 달리기 경주, 기울어진 운동장, 유리 천장, 숨 막히는 거리두기 상황을 보며 "아, 테스형 세상이 왜 이래?" 한마디 내지르고 나면 가슴이 뻥 뚫리는 후련함이 있나 보다.

여기저기서 난다 긴다 하는 가수들이 그의 노래 '테스 형'을 간드러지게 때로는 처절하게 외쳐보지만, 그의 깊이와 감성을 따를 자가 없어 보였다. 추석 명절이 다가왔지만, 고향 가는 것도 여의치 않고 여행은 더욱 갈 수 없는 사람들을 위로하는 콘서트를 기획했다던 그의 작전은 성공한 것이 아닐까.

칠십이 넘은 그가 들려주는 노래는 젊은 감각과 달관된 삶의 철학이 들어있다. 노래 한 곡을 쓰는데 7~8개월이 걸린다고 한다. 그의 열정적인 삶에 박수를 보내고 싶다. 나훈아의 노래 가사가 나의 가슴을 울린다. 세상살이가 왜 이리 힘들까. 세상이 돌아가는 시스템이 문제일까. 아니면 사람의 본성 때문일까.

나도 그의 나이쯤 되어 사람들의 마음을 헤아려 공감할 수 있는 수필집 한 권 낼 수 있었으면….

시엄마

퇴근하는 길에 마트에 들렀다. 닭 두 마리, 껍질을 벗긴 녹두, 통마늘과 대파까지 장바구니가 그득하다.

우리 집 식단은 번갯불에 콩 볶아 먹듯 속전속결이다. 짧은 시간 안에 만들 수 있는 메뉴가 무엇인지 고민한다. 종일 밖에서 일을 하고 집에 들어가면 손 하나 까딱하고 싶지 않을 때가 많다. '안 먹고 사는 방법은 없을까?', '알약 하나로 한 끼를 해결할 수는 없을까?' 혼잣말로 중얼거려 보지만 별수 없다. 몸과 마음이 따로 논다. 마음을 거스르고 몸이 움직이는 순간이다. 이럴 땐 마음이 몸을 겨우 따라간다. 부지런히 무엇을 만들까 냉장고를 열고 재료를 꺼낸다. 그러다 보니 우리 집 요리는 생존형 요리로 늘 돌려막기를 한다.

오늘 메뉴는 손이 많이 가는 닭죽이다. 요즘 입덧으로 통 아무것도 먹지 못하는 며느리를 위해서다. 얼마나 못 먹으면 뼈에 겨우 가죽이 붙어 있는 꼴이다. 그러다 보니 건강에도 이상이 생겼다. 간 수치가 높아지고, 갑상샘저하중까지 겹쳐 약을 먹고 있다. 며칠 전에 닭죽을 먹고 싶다고 연락받은 작은아들이 죽을 사서 들어가는 걸 본 이후로 마음이 불편했다. 닭죽이라고 해봐야 멀건 죽에 잘게 찢은 고기 몇 조각을 고명으로 얹어 놓을 것이 분명하다.

닭을 손질하고 곰솥에 마늘 한 줌, 후추와 소금을 뿌린 후 두 시간을 폭 고았다. 잘 삶아진 닭을 살과 뼈를 분리하고, 국물에다 불려 놓은 쌀과 녹두를 넣고 눌어붙지 않게 계속해서 주걱으로 저었다. 이렇게 수고하지 않아도 쉬운 방법은 있긴 하다. 압력솥을 이용하면 되는 데 왠지 그러고 싶지 않았다. 발라 놓은 고기가 그릇에 수북하다. 고기를 넣고 한소끔 끓여서 숟가락으로 떠먹어 보니 맛이 곡진하다.

며칠 전에는 작은아들이 곰탕을 어떻게 끓이는지 물었다. 설명해 주면 자기가 만들어 본다는 말인데 나는 그 말이 빈말임을 잘 안다. 괜히 해달라는 소리를 에둘러서 말한 것이다. 아들은 음식을 만들 때 나에게 물어본 적이 거의 없다. 검색만 하면 황금 조리

법이 나오는데 굳이 물을 이유가 없다. 설탕 조금, 식초 약간 같은 엄마표 비법은 아들에게 먹히지 않는다.

곰탕집에서 포장해 갔지만, 기름기가 많은지 느끼해서 바로 그녀가 수저를 놓아버렸단다. 또 내 몸이 움직인다. 소뼈를 사다 찬물에 담갔다가 핏물을 깨끗하게 빼냈다. 한소끔 끓여서 씻어낸 다음 몇 시간을 고았다. 냉장고에서 하룻밤을 지나고 기름기를 깔끔하게 걷어냈다. 곰국을 몇 차례 끓였다. 어찌 된 영문인지 내가 만든 것은 게워 내지도 않고 "후루룩후루룩 잘 들어가요."라는 말이 귀에 쟁쟁거려서 몸은 천근만근인데 멈출 수가 없다. 그녀는 자꾸만 나를 움직이게 한다.

딸이 없는 나는 누가 딸 이야기를 하면 입을 다물게 된다. 아무렇지 않게 던지는 농담에 맞장구치기는 싫고 냉가슴만 앓았다. 아들과 딸이 몇인지에 따라 메달이 정해져 있다. 아들 둘은 순위권 안에도 못 낀다. 근래 아파트 이름을 길고, 어렵게 짓는 것도 시어머니가 집을 못 찾아오게 하려는 의도라니 씁쓸하기만 하다.

어느 날, 아들 부부가 말다툼했는지 분위기가 심상치 않았다. 둘 다 근무하다 나가버렸다. 점심시간이 훨씬 지나도 모습이 보이지 않자, 며느리에게 전화를 걸었다. 그녀는 내 전화를 받고 울먹였다. 나도 괜히 속상한 마음에 눈물이 났다. 점심도 못 먹은 그녀에게 "점심 든든하게 먹어라. 그놈하고 싸워서 이기려면 기운이 있어야지."라고 일렀다.

사부인은 바다 건너에 살지만 수시로 내려와 들여다보고, 김치와 밑반찬까지 챙겨 택배로 보내주는 눈치였다. 나는 아들네 집에서 고무장갑 한 번 껴본 적이 없고, 청소기를 들어본 적도 없으니 친정엄마 발끝도 따라갈 수 없다. 진정한 엄마는 친정엄마라고 주장한대도 사실 반박할 말이 없는 입장이다.

아들 결혼식 때 띄엄띄엄 알던 사람들은 '아들인 줄 알았는데 딸이었네요….'라고 했다. 쌍꺼풀에 큰 눈 누가 봐도 나는 신부의 엄마이다. 가족외식 자리에서 모르는 사람들은 그녀를 보고 며느리라고 생각하지 않는다. 그런 사람들에게 나는 아들 둘에 딸 하나를 가진 엄마다. 금메달이다. 뒤늦게 딸로 나에게 선물처럼 온 이 아이가 참 기특하고 소중하다.

커플 운동화

운동화 두 켤레. 모양과 색깔은 같고 크기가 다른 운동화가 나란히 현관에 놓여 있다.

몇 해 전부터 우리 부부는 설과 추석 연휴를 이용해 여행지를 찾았다. 코로나19가 오기 전, 작년 명절을 앞두고 부부만 가던 여행에 두 아들을 동참시켰다. 작은아들의 혼사 날짜가 잡히자 어쩌면 우리 가족끼리 가는 마지막 여행이 될 것 같았다. 그 이후로 우리 부부의 계획은 완전히 물거품이 되어 버렸다. 거의 이 년째 역병을 만나 두문불출 안으로만 웅크리고 있다. 뭍 나들이조차 삼가게 되었다.

"언제 울릉도 한 번 다녀오세요."

초여름부터 뜬금없이 작은아들이 내뱉었다. '가까운 마라도도 못 가 봤는데 울릉도는 무슨.' 뱃멀미가 심한 내게 섬 여행은 달갑지 않다. 어머니를 닮아서인지 가끔은 엘리베이터 안에서도 울렁거린다.

섬사람의 뭍 여행은 엿가락처럼 일정이 늘어진다. 포항에서 아침에 일찍 출발하는 여객선 때문에 하루 전에, 일정을 마치고 돌아오는 날에는 늦은 항공편이 없어서 하루가 늘어 이틀의 일정이 추가되었다.

인생 첫 효도 상품으로 기획한 작은아들의 효성에 하늘이 감동한 것일까. 크루즈가 첫 취항을 한다는 것이었다. 이렇게 우리 부부는 아들 내외에게 등 떠밀려 울릉도로 향하게 되었다. 신발사이즈를 물어보고는 커플 운동화까지 준비해 주었다. 야외 학습을 앞두고 아이들에게 유의 사항을 일러주는 유치원 선생님처럼 작은아들은 준비물과 일정 숙소 등을 몇 번이나 반복했다.

청명한 가을, 울릉도의 하늘과 바다는 파란 물감과 흰 물감을 마음껏 풀어놓은 한 폭의 그림 같았다. 숙소는 울릉도 최고봉에 위치한 리조트였다. 발을 뻗으면 바닷물에 담길 것만 같은 착시 현상이 일었다.

가이드가 안내하는 대로 이른 아침부터 늦은 밤까지 힘든 일정을 보냈다. 마지막 날 독도 방문 예정이었는데 날씨가 심상치 않았다. '울릉도 동남쪽 뱃길 따라 이 백 리' 노래를 생각해 보니 90 킬로미터 정도 되는 거리였다. 먹는 약과 귀밑에 붙이는 멀미약을 챙겼다. 독도로 향하는 배를 타기는 했지만, 배의 접안 여부는 독도수비대의 권한이라고 했다. 세찬 바람으로 높아진 파도가 여객선을 흔들었다. 행운이었다. 수비대의 거수경례를 받으며 내디딘 독도는 형언할 수 없는 뿌듯함으로 다가왔다.

분지를 향해, 전망대를 향해 부지런히 발걸음을 옮긴 탓에 운동화 속 내 발이 탈이 났다. 오른쪽 발가락에 물집이 잡혔다. 새로 산 신발은 살살 달래서 내 것으로 만들어야 한다. 점점 착용 시간을 늘리고 발과 신발이 적응 시간이 필요한데, 너무 급했나 보다. 물집을 살짝 터트린 후, 약을 바르고 밴드를 붙여 겨우 모면했다. 하나밖에 없는 신발이었기에 다른 선택이 없었다.

결혼 초기, 성급한 마음에 나는 그이를 바꿔보려고 부단히 애를 썼다. 그이가 바뀌면 행복할 것 같아 조바심을 냈다. 남편의 속도와 나의 속도는 사뭇 달랐다. 남녀가 처음 만나면 "너 없인 못 살겠어."라며 사랑을 하다가 결혼을 하고 나면 삶은 현실이 되어 지지고 볶다가 "너만 없으면 살 것 같아."로 바뀐다는 우스갯소리에 절로 수긍이 간다.

처음은 모든 게 어설픈 거다. 그냥 얻어지는 것은 없다. 아프고 깨지고 싸매고 치료되는 과정이 필요한 것은 아닐까. 생각 없이 무심코 외출할 때 신고 나가는 신발은 내 발에 익숙해서 편안한 신발이다. 사람도 신발처럼 길들이고 길들여지며 소리도 나고, 상처도 나고 그냥 얻어지는 것은 없는가 보다. 이제 그이도 익숙해서 편하다.

아버지와
딸

　　그녀의 노래는 이야기처럼 시작됩니다. 화려한 퍼포먼스도 무대를 돋보이게 하는 장식도 화음을 넣어주는 코러스도 없습니다. 늦은 밤, 본방송에서 그녀의 노래를 처음 듣게 되었습니다. 나는 그 이후 줄곧 유튜브 동영상을 시간이 날 때마다 들여다보고 있습니다. 보고 또 봐도, 듣고 또 들어도 첫 감동이 밀려와 자꾸만 마음이 갑니다.

　　나는 노래를 부르는 것보다 듣는 것을 좋아합니다. 화제가 된 드라마를 보려고 애써보지만, 요일을 놓쳐서 잊히곤 합니다. 어느새 한 회 두 회 넘기다 보면 시시해져 버리고 맙니다. 하지만 노래 경연 프로그램은 꼭꼭 챙겨봅니다. 불후의 명곡, 복면가왕, 요즘은 미스트롯 2도 추가되었습니다. 그녀의 노래에 푹 빠져버렸습니다. 그녀가 부르는 다른 노래도 듣고 싶어서 손꼽아 기다립니다.

'내가 태어나서 두 번째로 배운 이름 아버지…'로 노래는 시작됩니다. 그녀의 고백은 가슴이 저려옵니다. 중학교 1학년 때 국악에 입문했답니다. 스물한 살, 꾸미지 않아도 피어나는 꽃처럼 예쁠 나이에 시한부 판정을 받은 아버지에게 신장 한쪽을 떼어드렸답니다. 그 이후로 배에 힘을 줄 수가 없었습니다. 그러니 당연히 슬럼프가 따라왔고요. 포기해 버린 꿈. 신장을 이식받은 아버지는 건강을 되찾았지만, 시간이 흐르면서 다시 간암에 걸렸습니다. 간절제 수술과 당뇨합병증으로 발가락을 절단하게 되고…. 담담하게 풀어 놓는 아버지의 이야기. 시집을 가고 두 아이의 엄마가 된 지금, 그녀는 아버지에게 노래 부르는 모습을 보여드리고 싶었습니다. 아버지의 미안함을 덜어주고 싶은 딸의 절절함이 나의 내밀한 곳에서 울림이 되어 돌아옵니다.

'가끔씩은 잊었다가 다시 찾는 그 이름…'

아버지의 존재는 억울하겠지만 어머니 다음인가 봅니다. 이것은 세계 공통인 걸까요. 아기의 첫 언어가 엄마인 걸 보면. 부정할 수 없는 사실은 열 달 동안 뱃속에서부터 교감하며 생명을 걸고 낳아주었기 때문이겠지요. 또 첫 번째가 될 수밖에 없는 이유는 생명의 젖줄을 어머니가 갖고 있기 때문입니다. 인공지능이 많은 것을 대신하는 시대가 왔지만 그래도 아버지는 애잔한 이인자입니다. 불리할 때 찾는 지원군.

'우리 엄마 가슴을 아프게도 한 사람…'

아버지는 왜 어머니의 가슴을 아프게 하는 걸까요. 그렇다면 아버지는 아픔이 없었을까요. 아버지도 처음이라 수많은 헛발질에 후회가 밀려왔겠지요. 마음과 뜻대로 되지 않는 세상살이에 지쳐 포기하고 싶었을 때는 또 없었을까요. 늦은 밤, 집으로 향하는 골목길에서 불 켜 진 당신의 집을 바라보며 마음을 돌이켰을 겁니다. 어디 아프지 않은 인생이 세상에 있던가요. 아픔이 변하여 춤이 되게 한다지요. 아픔을 견디고 나서야 비로소 서로의 소중함을 알게 되었겠지요.

'사랑합니다. 우리 아버지…'

그녀의 노래가 세상의 아버지들과 딸들의 마음을 흔들어 놓았습니다. 강하게만 보이던 아버지들의 눈시울을 적셨습니다. 나름의 상황과 사연으로 아팠던 기억들이 떠올랐나 봅니다. 노래로 사랑을 고백하고 그 사랑을 받는 아버지. 미움과 원망의 시간도 있었을 겁니다. 아버지는 딸에게 하늘의 별이라도 따다 주고 싶었겠지요, 가진 게 없어서 마음뿐일 때가 얼마나 많았을까요. 미워도 사랑하고, 모자라도 사랑하고, 아파도 사랑하는 사이 아버지와 딸. 무슨 다른 이유가 필요할까요. 그냥 아버지라서 사랑하는 거지요. 딸이 있는 아버지, 사랑을 고백하면 들어주는 아버지, 그녀와 아버지는 행복해 보입니다.

나는 아직 아버지를 향한 아픔의 보따리를 풀지 못했습니다. 병원 중환자실에서 "사랑합니다. 아버지"

석 달 전에 처음이자 마지막으로 딱 한 번, 작별의 인사로 해봤습니다. 그게 뭐 그리 어려운 것이라고….

얼룩이네
가족

　　　좁은 골목을 사이에 두고 애완동물 사료 가게와 내가 일하는 매장이 있습니다. 그 가게 앞, 작은 컨테이너 아래에 둥지를 튼 고양이 가족이 있어요. 검정과 흰색의 무늬가 있는 녀석의 이름을 나는 얼룩이라 이름을 지었답니다. 얼룩이가 새끼 네 마리를 낳았어요. 새끼는 검둥이, 흰둥이 각 한 마리, 얼룩이 두 마리예요.

　컨테이너 주인이 사료 가게를 운영하는 덕분에 호가 호식은 아니지만, 으레 먹을 것만은 풍족한 줄 알았지요. 젖이 부족한 새끼를 두고 얼룩이는 배고픔에 허덕였나 봅니다. 어느 날 사무실 문을 열고 나가자 후다닥 쏜살같이 도망치는 얼룩이와 눈이 마주쳤

어요. 마치 애걸하듯 '배고파요.'라고 말하는 듯했죠. 전에는 대범하게 사무실까지 들어와 꿀이의 밥그릇을 깔끔하게 비우고 가곤했답니다. 조금 전에도 얼룩이는 새끼 검둥이를 데리고 매장 문 앞을 기웃거리고 있었어요. 어째 사람의 움직임이 없어 보이면 들어올 틈을 노리고 있는 것 같아요.

어미 얼룩이가 인터넷에서 불러 놓은 사료 부대를 찢어 놓았지 뭐예요. 자꾸 테이프를 붙여 놓았지만 허사였어요. 사람의 눈을 피해 얼룩이는 호시탐탐 사료 포대를 노리고 있었습니다. 이유가 궁금했지요. 사료 가게 매장에 진열해 놓은 사료가 비싼 것은 어떻게 아는지 아차 하는 순간에 뜯어 놓았나 봅니다. 이런 죄목으로 사료 가게 사람들이 먹이를 끊었다는 겁니다. 사람이라면 환경이 바뀌면 이사라도 가겠지만, 녀석들은 이러한 현실과 거리가 멀어 보입니다.

내 눈이 얼룩이 가족에게로 쏠리자 새로운 것들이 눈에 들어옵니다. 새끼들은 어미젖이 시원치 않았는지 영양실조로 노루 꼬리처럼 짧습니다. 얼룩이에겐 하루하루가 죽느냐 사느냐의 긴박한 전쟁입니다. 나는 '녀석들 밥이나 먹었을까?' 하며 사료를 들고 분주하게 왔다 갔다 합니다.

얼룩이네 가족은 먹이를 갖다 주어도 선뜻 달려들지 않습니다. 내가 멀리 사라져야 녀석들은 먹이를 먹습니다. 나는 뒤도 돌아보지 않고 재빨리 걸어와 벽에 몸을 기대고 살며시 돌아봅니다. 어미는 제 몫을 챙기지 않고 입으로 한 움큼 물어 컨테이너 밑으로 들어갑니다. 아마도 아직 밖으로 나오지 않은 새끼를 위한 먹이인가 봅니다.

새끼 네 마리 중 제일 약한 녀석은 검둥이입니다. 먹이를 들고 가면 검둥이 외에 다른 녀석들은 본능적으로 컨테이너 아래로 숨습니다. 검둥이는 아무 반응이 없습니다. 어미 얼룩이는 '감히, 내 새끼들을 넘보다니!' 나를 향해 하악질을 해댑니다. '나, 밥 갖고 왔거든!' 서러운 투정을 부려 보지만 알 턱이 없겠지요.

아침 출근 시간에 볕이 좋은 날은 얼룩이 가족이 총출동하여 일광욕을 즐기곤 한답니다. 골목에 고여 있던 물이 바람에 일렁이면, 새끼 고양이들은 그림자를 잡으러 쫓아가느라 야단법석을 떱니다. 따뜻한 바닥에다 등을 깔고 벌러덩 드러누워 배를 훤히 내보이기도 하고요.

주말에 바람도 불고 비가 내렸어요. 녀석들이 걱정되었습니다. "얼룩아, 밥 먹자!" 먹이가 왔다는 것을 목소리로 먼저 알립니다. 이런, 먹이통은 물통이 되고 말았어요. '며칠을 굶은 걸까?', '주말에는 어디서 먹이를 구하고 있는 걸까?' 자꾸만 걱정이 쌓여갑니다.

얼마 전부터 어미 고양이는 새끼 검둥이를 본체만체하네요. 아직 젖을 뗄 때도 아닌 것 같은데 말입니다. 작고 약한 새끼는 일찌 감치 포기하는 그들만의 생존 방법일까요. 고양이들이 너무 좋아 하는 참치캔 간식을 검둥이 앞에 갖다 놨어요. 검둥이는 먹을 기력 조차 없는지 죽은 듯이 제자리에서 움직이지 않았습니다. 얼마나 지났을까요. 어미가 슬그머니 나타나더니 싹 먹고 사라져 버렸어 요. 고양이는 시각으로 느끼고 판단하고 행동한다던데, 검둥이는 아마도 그 기능을 잃어버린 건 아닐까요. 눈 주위에 진물이 나 마 른 자국이 허옇게 눌어붙었어요.

며칠 후, 검둥이가 보이지 않았어요. 짧은 몇 달의 삶을 마감한 걸까요. 이상하게 어미는 새끼 얼룩이 한 마리를 또 배제하기 시작 했어요. 먹이통 근처로 달려가면 사납게 구는지 뒷걸음질을 치네 요. 생과 사의 갈림길에서 치열하게 살아가는 고양이들의 삶의 현 장을 목도하고 있습니다.

이 모든 파노라마는 좁은 골목길 건너에서 벌어진 광경이랍니 다. 결국 나의 짧은 생각이 맹인모상盲人摸象의 착각을 불러일으키 는지도 모르겠습니다.

하마터면

예년과 달리 부쩍 산불 조심 안내 문자를 수시로 받는다. 산불 소식에 가슴을 졸인다. 작은 불씨 하나가 온 산을 태우는가 하면, 산 아래 민가까지 덮쳐 겨우 빠져나온 이재민의 한숨을 듣는다. 재가 되어버린 살림살이를 초점 없는 눈으로 무엇부터 손을 대야 할지 망연자실 바라보는 이재민의 모습을 뉴스로 보았다.

작은아들은 백일이 되기 전부터 사람을 가렸다. 아기를 재우려고 토닥이는 손길에도 내가 아니면 눈을 뜨고 옆에 있는 존재를 확인하는 예민함을 보였다. '껌딱지, 진드기, 찰거머리'라는 애칭으로 당신의 딸을 힘들게 하는 불효자로 잠깐 친정어머니의 미움을 사기도 했다.

태어난 지 석 달쯤 되었을까. 육아에 지친 나는 마침 언니와 사우나에 갈 수 있었다. 그때만 해도 4, 50대 무료한 전업주부들이 모이는 곳이 사우나였다. 아기를 본 아주머니들은 서로 자기가 아기를 봐줄 테니 걱정하지 말라고 내 등을 떠밀었다. 그걸 마다할 내가 아니었다. 아기를 맡기고 샤워용 수건에 거품을 내고 채 씻어내기도 전, 자지러지는 아기의 울음소리. 이런 아기는 처음 봤다면서 고개를 절레절레 흔들었다.

작은아들이 태어나 10개월쯤 되었을 때다. 우리 집은 도남초등학교 근처에 있었다. 마침 걸어서 5분 거리에 친구도 살았다. 친구의 집은 도남오거리와 초등학교 중간쯤에 있었는데 오거리에서 초등학교로 가는 길은 오르막길이다.

친구 집에서 모임이 있던 날, 신제주에 사는 친구가 약속한 시각 전에 도착해 나를 재촉했다. 가방을 챙겨 아기를 데리고 모임에 갔다. 점심을 먹고 차와 과일로 여유를 부릴 때쯤이었다. 사이렌 소리가 오거리 쪽에서 들려왔다. 강 건너 불구경이라고 이만한 구경거리가 없지 싶었다. 우리는 북쪽 발코니에서 아래를, 남쪽 발코니로 이동해 동산 위로 올라가는 불자동차의 행렬을 구경했다.

"너네 집 쪽으로 간다!"

친구 중에 누군가의 한마디가 망치로 쿵 내 머리를 내리치는 것 같았다. '앗, 우유병!' 빨리 소독하고 나가야지 하면서 가스 불에 얹어놓고 나왔다. 그 와중에 내가 없으면 울어댈 아기를 움켜 안고 엘리베이터도 없는 빌라 4층 계단을 내려 오르막길을 달렸다. 걸음이 떨어지지 않는 게 이런 거였구나. 마음은 저만치 앞서가지만, 아기의 무게와 오르막길이라 몸이 따라가지 못했다.

단골로 다니는 학교 앞 구멍가게 아주머니가 멀리서 빨리 오라는 손짓을 했다. 소방대원들이 꺼내 화단에 패대기쳐 놓은 냄비는 처참했다. 우유병은 형태도 없이 녹아 바닥에 눌어붙어 있었다. 우유병이 녹아들면서 나온 화학연기가 옷장 깊숙한 곳까지 침투하여 고약한 냄새가 오랫동안 가시지 않았다. 새로 장만한 우유병으로는 우유를 먹지 않고 거부하는 아들에게 나는 이중고를 겪어야 했다.

그 이후 나는 트라우마에 시달렸다. 길에서 119 소방차를 만나거나 사이렌 소리만 들려도 반드시 집으로 돌아가 가스 불을 확인해야 하고, 빨간색만 보면 쿵쾅쿵쾅 심장에서 다듬이질 소리가 났다. 어느 정도 끓여지면 불이 저절로 꺼지는 가스레인지가 나왔을 때야 비로소 자유로울 수 있었다.

불자동차 여섯 대가 좁은 주택가에 출동했던 사건은 두고두고 동네 사람들에게 회자되곤 했다. 참 이상한 일은 화단에 내팽개쳐진 냄비가 번개같이 사라진 것이다. 풍문에 의하면 불이 났다고 동네방네 소문났지만, 아무런 손해가 없었으니 그 물건이 용한 물건이라 했다. 누군지 모르지만, 어떤 힘듦이 있었던 걸까. 그의 간절한 바람은 이루어졌을까. 삶에 희망이 솟아났길 바랄 뿐이다.

선물

여행용 가방에 차곡차곡 짐을 쌌다. 세면
도구, 실내화, 속옷 등. 가방의 크기와 내용물을 보면 딱 3박 4일
여행 각이다. 걱정과 두려움이 앞섰다.

"엄마, 괜찮아요?"

병간호하러 온 큰아들이 연신 물었다. 그런 게 궁금하고 관심이
있는 녀석이 아닌데…. 어릴 때부터 세상의 중심이 자신이었다. 남
에게 피해를 주지 않고 남을 귀찮게 하지도 않는다. 주위에서는 우
스갯소리로 조선 시대 선비라고 했다. 널어놓은 곡식에 비가 쏟아
져 내려도 독서에만 열중한다는….

달포 전, 저녁으로 피자와 치킨 세트를 주문했는데, 겨우 치킨

두 조각을 먹고 밤새 뜬 눈으로 아침을 맞이했다. 소화제도 먹고 물도 마시며 밤을 새웠다. 속이 더부룩하고 메스꺼운 증상이 지속되었다.

그로부터 며칠 후, 아침에 눈을 떴는데 머리에 얼음주머니를 얹어 놓은 것 같았다. 얼어버린 머리를 손으로 만져보고는 깜짝 놀랐다. 머리는 내 예상과 달리 따뜻했다. 두통으로 머리를 들 수가 없었다. 가끔 수면 부족이나 과로 후에 오는 편두통과는 다른 이전에 경험하지 못한 아픔이었다. 진통제를 찾아 먹었지만 도통 약은 제구실을 못 하고 통증은 사라지지 않았다. 머리는 얼음인데 등에서는 식은땀이 흘러내렸다. 그동안 내 몸의 아픔에 얼마나 둔하게 반응하면서 살았을까. 아차, 내 몸속 담낭에 오래전부터 자리 잡아 떠날 생각이 없는 돌의 존재를 기억해 냈다. 건강검진 시 복부초음파를 할 때마다 크기의 변화는 없었다.

주말을 보내고 월요일 아침 종합병원을 찾았다. 의사는 환자가 자각해서 오는 순간이 시술의 때라고 했다. 마취과와 수술실을 연락해 보고 바로 내일 입원하라고 했다. 견딜만하던 터라 주변을 생각하게 되었다. 의사는 오늘 밤에라도 통증이 심하면 응급실로 와서 입원해야 한다고 딱 잘라 말했다.

사람들은 제 기능을 못 하는 장기라서 돌이 생긴 것인데, 돌이 있어서 아픈 것으로 잘못 알고 있다는 말도 덧붙였다. 두통의 원인이 담석 때문이라고 단정 지을 수는 없지만, 가능성은 높다고 조곤조곤 알아듣기 쉽게 설명해 주었다.

마취동의서에 서명하면서 무통 주사를 추가했다. 나이가 들면서 통증에 대한 두려움이 커졌다. 시술 후 마취에서 풀려나자, 네 개의 구멍을 뚫어 시술한 자국들이 한꺼번에 아파왔다. 어찌 된 영문인지 추가 사항이 제대로 전달이 안 된 것이다. 고통으로 일그러져 꼼짝할 수가 없었다. 바쁜 남편을 대신해서 시간을 낸 큰아들이 보호자 역할을 하고 있다. 내 인생 두 번째 입원이다.

내가 처음으로 병원에 입원한 것은 십 년 전이다. 무심한 것인지 덤덤한 것인지 큰아들은 표현을 잘 하지 않는다. 요구사항도 별로 없는 녀석이다. 용돈이 필요할 때 외에는 거의 연락하지 않는다. 대학 신입생 시절 어버이날쯤이었다. 육지에 있어서 얼굴을 마주하기는 어려웠다. 대신 전화로 건강검진을 언제 했는지 물으며 꼭 검진하라는 부탁이었다. 심심한 녀석은 평소 같으면 그냥 그렇게 넘어갔을 텐데, 며칠 후 또 묻고는 반응이 없다는 걸 알고 화를 냈다. 자식 이기는 부모 없다고 남편은 병원에서 건강검진을 예약했다. 기회는 이때라 생각했을까. 대뜸 받아 온 것은 장 내시경을 위한 시약이었다. 그때만 해도 목으로 넘기기도 거북한 시약을 두 시간에 한 번, 많은 양의 물과 복용해야만 했다. 밤을 뜬눈으로 새

우면서 남편을 향한 원망이 쏟아졌다.

"내가 왜 그런 검사를 받아야 해요?"

수면내시경을 할 수도 있지만, 부작용에 대한 기사를 보고 그냥 하기로 했다. 화면을 통해 내 속이 훤히 들여다보였다. "나오면서 봅시다." 뭔가 보였다. 의사는 내시경 중 시술로는 제거할 수 없는 크기라 했다. 종합병원 소화기내과를 연결해 주면서 소견서를 써 주었다. 제거 시술을 하고 조직검사 결과는 융모성 선종이었다.

융모성 선종을 제거한 흉터는 겉으로는 보이지 않지만, 나는 느낄 수 있다. 어쩌다 과식했을 때, 왼쪽 아랫배가 당긴다. 나는 이것을 소식하라는 내 몸의 신호로 받아들인다. 얼마 전, 시술한 자국 때문에 아직 배에 힘을 주기가 어렵다. 아침에 일어나 아무 생각 없이 기지개를 켜려고 하면 시술 부위가 땅겨서 얼른 팔을 내린다.

알게 모르게 주변에 나와 같은 사람이 꽤 있다는 사실을 알았다. 내 이야기를 듣고는 "사실은…."라면서 말을 이어갔다. '쓸개 빠진 놈'이라는 말을 듣기 싫어서 숨기고 살았다는 이야기였다. 줏대가 없고 결단력이 없는 사람을 일컫는 말이다. 설령 장기 하나가 빠졌더라도 모자란 사람으로 살아가진 말아야지 마음을 다잡아 본다. 걸려 넘어진 곳에서 나를 돌아보게 된다.

우리 가족은 두고두고 어버이날 선물 중 최고의 선물은 큰아들의 전화라고 입을 모은다. 그때 아들은 누구의 암시를 받아, 멈추지 않고 집요하게 전화를 한 것일까.

비양도에서

그 섬에 가고 싶었다. 얼마 전 종영한 인기 드라마의 영향인지 핫 플레이스가 되었다. 드라마는 바닷가 사람들이 살아가는 이야기를 섬과 함께 보여주었다. 바다물빛은 하늘을 담아내고 있었다. 드라마를 보는 내내 나는 한 마리 새가 되어 섬을 한 바퀴 휘돌아 나오곤 했다.

나의 간절한 마음을 비웃듯 바람이 심상치 않았다. 푹푹 찌는 더위에 남쪽 창을 꼭꼭 걸어 잠갔다. 바람은 창문 앞에 놓아둔 다육식물 화분을 내동댕이쳤다. 바람은 길을 내려고 귀신 곡소리를 냈다. 풍랑주의보로 배는 결항이라고 했다.

이튿날 무작정 나서기로 했다. 여전히 바람은 머리카락을 붙들고 감장(岬)을 돌았다. 그 섬이 궁금했다. 뿌-웅 배는 출발 신호를 내뱉고 비양도로 향했다. 섬에서 섬으로의 이동. 떠나온 저 섬, 어느 나무 아래 한 소녀가 서 있었다.

"비양도 등댓불 페-촉(반짝)."

고기 잡으러 먼 길을 갔다가 돌아오는 어부들에게 길잡이가 되었던 등대는 산골 소녀의 기다림 속에도 있었다. '비양도 등댓불 페-촉' 한 번 두 번, 몇 번을 더 되뇌면 어머니가 돌아오실까. 자꾸만 동산 아래로 난 길과 비양도 등대를 번갈아 보았다.

친정집은 골목 맨 안집이었다. 올레길을 빠져나오면 월대가 하나 있었다. 월대 한 귀퉁이에는 팽나무가 한 그루 있었다. 팽나무는 굵은 밑동을 지렛대 삼아 어린아이 허리춤만큼 한 기둥 위에 Y자로 굵은 가지가 뻗어 있었다. 큰 길이 아스팔트로 포장하기 이전까지 여름철 공기놀이를 할 때 그늘을 만들어 주곤 했다. 나는 팽나무 위로 올라가 자리를 잡고 굽이굽이 난 길을 뚫어져라 쳐다보았다.

어머니는 오일장이 서는 날이면 마늘이나 깨를 짊어지고 아침 일찍 집을 나섰다. 장에 가신 어머니가 해가 지도록 돌아오지 않으면 월대로 나갔다. 나무 위로 올라가 사람의 기척을 쫓았다. 어스름에 동산을 걸어 올라오는 모습만 봐도 어머니임을 알 수 있었다. 등에 무겁게 짊어지고 한 손에는 반찬거리며 다른 손에는 엿과 뻥튀기 과자가 들려 있었다.

"어머니-."

"아고게….."

어머니는 제자리에 멈춰 허리 한 번 펴시고 걸음을 재촉했다. 기다린 딸이 싫지 않으셨던 모양이었다. 나는 들고 있던 봉지를 받아 긴 골목길로 들어갈 때는 노루처럼 경중경중 춤을 추었다.

해마다 여름이면 참외 몇 개와 도시락을 싸서 동네 친구들과 해수욕장엘 갔다. 수영 실력은 형편없었다. 용천수에서 치던 개헤엄을 몇 번 허우적거릴 정도였다. 신기하게 해수욕장만 가면 내 몸이 둥둥 떠다녔다. 협재에서 비양도까지 헤엄치고 갔다는 옛사람들의 이야기를 들으며, 부러움에 비양도를 쳐다보곤 하였다. 안타깝게도 그날 밤은 섬을 향해 헤엄치면서 어푸어푸 물을 먹는 꿈을 꾸었다.

봄이면 비양도의 반은 노란색이었다. 초록 풀밭이 노란색을 더욱 돋보이게 했다. 차도 없고 탈곡기도 없는 섬사람들이 유일하게 유채 농사를 지었다. 몇 채의 집이 보이고 어떤 사람들이 사는지, 섬에는 어떤 식물들이 자라는지 자못 궁금했다.

중3 여름방학 때, 비양도에 친척이 있는 친구와 첫 섬 나들이를 하였다. 어디서 어떤 배를 타고 갔는지 기억나지는 않는다. 친구와 보말을 잡아 오자 친구의 작은 어머니가 보말 미역국을 끓여주었다. 동네를 배회하며 하룻밤을 섬에서 보냈다.

섬을 한 바퀴 돌 수 있는 둘레 길과 등대가 있는 비양봉을 향하는 계단이 잘 정비되어 있었다. 군데군데 포토존이 있고 그중 으뜸 풍경은 대나무 숲길이었다. 비양봉 전망대에는 몸을 가눌 수 없을 정도의 바람이 불었다. 마치 역정 난 거인이 소인을 한 손으로 들고 패대기를 칠 것 같은 상상을 했다.

휘청거리면서 바다 건너 섬을 바라보았다. 큰 건물과 작은 건물들, 성곽 등을 톺아보고 친정집이 있는 곳을 가늠할 수 있었다. 별안간 내 마음이 급해졌다. '어서어서 집으로 가야지. 어머니를 뵙고 가야지.'

언제까지나 어머니는 비양도가 보이는 친정집에 살고 계실 줄 알았다. 오늘도 그리운 마음만 남겨 두고 돌아가야 할 모양이다.

5

Rremember

왼손잡이 손자

손자가 기기 시작했다

아들부부가 뻥 과자 한 조각을 놓고

기어 오라는 신호를 보낸다

잠시 머뭇거리던 녀석은

힘차게 팔꿈치를 앞으로 내민다

자세히 들여다보니

왼팔을 뻗고 배밀이로 기어가고 있다

구강기에 접어든 녀석은

왼손 엄지를 줄곧 빨고 있다

　　　"아마, 왼손잡이인가 봐요."

　　　며느리의 말에

　　　자신과 닮은 꼭지를 붙들고

　　　남편의 입이 벙글어졌다

　　　함박꽃이 귀에 걸렸다

헤벌쭉

       하회탈이 웃고 있다. 짙은 눈썹, 그 아래 두 개의 초승달같이 뚫린 눈, 귀에 걸릴 듯 입꼬리가 올라가 있다. 누구든지 이 탈을 쓰고 몸을 조금 흔들어 준다면, 보는 이는 어깨춤이 절로 나게 생겼다.

    손자가 태어났다. 요즘 20·30세대를 연애, 결혼, 출산을 포기한 삼포세대라고 부른다. 역병이 지구 곳곳을 뒤덮고 자의 반 타의 반으로 인류는 서둘러 마스크를 쓰고 거리 두기로 떠들썩하다. 이 힘든 시기에 작은아들이 결혼했다. 사람과 사람의 만남이 가로막힌 시대에 태어난 손자를 영상으로 처음 마주했다. 며느리가 조리원에서 몸조리를 끝내고 2주가 지나서야 겨우 얼굴을 볼 수 있었다.

남편은 주변의 아기들을 유난히 좋아한다. 아기만 보면 어르고 달래고 구름 위를 걸어가는 사람처럼 둥둥 마음이 떠다닌다. 아기들도 자신에게 우호적인 사람을 본능으로 알아본다. 요즘은 차를 운전하고 가다가 손자를 떠올리면 혼자 기분이 좋아 실성한 사람처럼 껄껄 웃으면서 다닌다고 한다.

어머니의 젖을 세 살 아래 남동생에게 빼앗겼었다. 내리 일곱을 낳았으니, 젖이 풍족할 리 없었다. 아마도 동생은 빈 젖을 빨았을 것이다. 나는 틈만 나면 할머니의 가슴을 파고들었다. 더는 나올 것 없는 마른 무화과 같은 젖꼭지를 빨았다. 할머니는 가슴을 내어준 채 "아이, 잘도 웃긴 아이여."라면서도 밀어내지 않으셨다. 그래서일까. 할머니라는 호칭이 더없이 너그럽고 편안하다.

나는 할머니라는 이름표를 빨리 달고 싶었다. 내가 글 밭을 마련해, 한 해 두 해 글 농사를 짓는 이유를 대라면, '미래의 손자를 위해서'도 상당 부분 포함된다. 편지를 쓰는 할머니가 되고 싶었다. 아이가 자라나는 모습을 글로 남기며 손자와 소통하는 할머니가 되고 싶은 마음이 있었다.

나는 웃음이 많은 아이였다. 할머니는 "무싱거시 경 지꺼지니?(무엇이 그렇게 재미있니?)" 웃는 나를 보고 자주 물었다. 할머니는 시대의 아픔에 동승해 서른여덟의 나이에 청상과부가 되어, 그때의 충격으로 전신이 마비되어 평생 장애로 사셨다. 나는 광대처럼 할머니 앞에서 손과 발동작을 하고, 못 부르는 노래까지 불렀다. 웃음거리가 없던 할머니에게 손녀의 우스꽝스러운 행동으로 웃음보가 터져 목젖이 보이게 '꺽-꺽-' 웃으셨다.

카톡 소개 사진으로 한참 동안 이순구 화가의 그림을 걸어놓았다. 웃음으로 희망을 그리는 작가의 그림 속 사람들은 한결같이 고개를 뒤로 젖히고 목젖까지 보이게 웃고 있었다. 웃음의 절정이다. 얼마나 즐겁고 재미있으면 이렇게 웃을 수 있을까 봐 흉내를 내 보았지만 어림도 없었다. 작가는 웃는 사람들의 모습을 통해 무엇을 말하고 싶었던 걸까.

손자는 요즘 제 엄마 아빠를 알아본다. 마지못해 나의 품에 안기긴 해도 고개가 저절로 돌아가고 몸은 아비, 어미에게 기운다. 바라보는 아기의 눈빛도 사뭇 다르다. 1촌과 2촌의 당연한 거리를 깨닫는 데는 시간이 오래 걸리지 않는다.

"그래, 껍데기한테 가거라."

요즘 손자가 하는 일은 먹고 자고 싸는 것이 전부인데, "아휴, 잘했네.", "오구오구, 예뻐라." 칭찬 일색이다. 조물주는 어찌 이 조막만 한 얼굴에 눈, 코, 입, 귀 무엇 하나 빠트리지 않고 조화롭게 잘도 빚어 놓으셨을까. 암만 봐도 신비롭다. 아기와 눈을 마주하고 1촌과 2촌의 재롱이 한창이다. 까르륵- 소리라도 한 번 내줄 만도 한데, 아기는 비싼 웃음, 헤벌쭉 한 번 웃고 만다.

아들, 손자, 며느리가 코로나 확진자가 되었다. 집안 꼴이 말이 아니었다. 손자는 열이 오르락내리락 반복하고 있었다. 그 작은 아기가 해열제와 항생제로 버텨냈다. 세상에 태어난 지 여섯 달도 안 된 녀석에게 너무 가혹하다 싶었다. 찾아갈 수도 없고 발만 동동 구를 뿐, 어찌할 도리가 없었다. 그런 와중에도 열이 내리면 헤벌쭉 웃는 사진을 가족 방에 올려놓았다.

설운 사람은 나와라 / 분통 터지는 사람도 나와라
이 탈 쓰고 / 반반한 양반 놈 골려줌세
뻔뻔한 중놈도 골려줌세 / 나라 판 놈도 골려주고
왜놈 순사도 욕해줌세 / 껍질만 사람인 놈들 골려줌세

- 추영훈 「하회탈」 -

하회탈은 가난하고 척박한 삶에 허덕이던 민중의 가면이다. 내가 하고 싶은 대로 마음먹은 대로 따라주는 세상이 아니지 않은가. 조금 손해를 봐도 참으면서 가끔은 가면도 쓰고 그렁저렁 살아가는 세상이 아니던가. 평소에는 입에 담지 못할 말들을 탈의 힘을 빌려, 신랄하게 비판하며 풍자한다. 그에 따라오는 것이 춤이다. 덩실덩실 온몸을 흔들고 춤을 추고 나면, 잠깐의 웃음으로 긴장은 풀리고 살아갈 힘을 얻었을 것이다.

속이 시끄러운 날, 뉴스에 사건 사고가 넘치는 날, 내 마음 나도 어찌할 수 없는 날. 헤벌쭉 웃는 손자의 웃음은 목마름의 생수처럼, 뙤약볕에 쉬어 가는 나무 그늘처럼, 하루의 시름을 봄 눈 녹듯 사르르 녹게 한다. 나도 덩달아 헤벌쭉 웃는다.

가을 순

　　태풍이 지나갔다. 역대급이라는 보도에 걱정이 앞섰으나, 예상 경로보다 약간 오른쪽으로 꺾여 다행히 큰 피해 없이 지나간 줄 알았다. 일주일이 지나자, 아파트 화단의 벚나무와 사이사이에 심어 놓은 산당화 잎이 누렇게 변했다. 바닷가와 지척에 있어서일까. 바닷물 파편이 이곳까지 날아들었단 말인가. 나무는 느닷없이 바싹 말라버려 낙엽을 치우느라 분주하다. 내년 봄, 저 나무에서 새싹을 볼 수나 있을까. 삭정이 같은 가지를 끌어안고 죽은 듯 서 있다.

　　내 몸에도 태풍이 일었다. 이 태풍은 예보도 없고 예측 경로도 없었다. 신출귀몰 예사롭지 않고 어찌나 요란한 지 통제가 안 된다. 냉탕과 온탕을 번갈아 오가는 것과 같은 극과 극을 달렸다. 에어컨 바람에 카디건을 걸쳤다가도 갑자기 허리에서 마치 불이 난 것처럼 등줄기를 타고 목 언저리까지 오르내렸다. 뜨거워진 몸은 한참을 식혀야 하고, 불길이 치솟아 오를 때는 내 마음이 시키는 것인지 몸이 시키는 것인지 알 수 없는 불안과 분노가 치밀어 올랐다.

불면증에 시달리던 날들, 그런 날은 핸드폰을 들고 안방 문을 닫고 나온다. 모두가 잠든 한밤중에 나 혼자 거실 끝에서 부엌까지 반복해서 걸으며 주문을 외워보지만 허탕을 친다. 그러면 그럴수록 내 온몸이 깨어나 더욱 말똥거린다. 창밖 네거리에는 차 한 대 지나지 않고 신호등만 깜빡거렸다. 의자에 한참을 앉아 총총히 켜져 있는 가로등 불빛을 바라보곤 했다.

그날은 지금 생각해도 기묘한 날이었다. 이른 아침에 공항으로 가는 버스를 타려고 정류장에 섰을 때, 집에다 핸드폰을 두고 나온 사실을 알았다. 핸드폰은 또 다른 나의 분신이지 않은가. 다시 돌아가 갖고 나올 시간이 넉넉함에도 나는 그냥 버스에 올랐다. 마치 오늘 걸려 오는 전화는 받지 말아야 한다는 텔레파시 같은 건 아니었을까. 일주일에 한 번, 상담학 강의를 들으러 광주로 가는 날이었다. 오후 마지막 시간은 '상담가의 자기 분석' 수업이 있었다.

교수는 지금 나에게 떠오르는 감정, 단어가 무엇인지 눈을 감고 묵상한 후, 네 명이 한 조가 되어 나누게 했다. 내 머릿속을 맴도는 단어는 아픔, 슬픔, 이별, 죽음…. 달포 전, 종합병원에서 정밀 검사를 받은 후 암 판정받고 투병 중인 어머니의 생각에 묶여 있었다. 더 이상 다른 주제로 넘어갈 수가 없어 안절부절못했다.

수업이 끝나자, 학생부에서 쪽지가 전해졌다. 남편에게 전화를 걸어 달라는 내용이었다. 숨이 멎을 것 같았다. 불길한 생각에 학우의 핸드폰을 누르던 내 손가락이 자꾸만 헛나갔다. 순간 툭! 내 마음의 강에 갑자기 돌덩이가 떨어지는 느낌이었다. 어머니가 이 세상의 끈을 놓아버린 시간. 내 감정을 주체할 수 없던 바로 그 시간이었다.

마지막으로 어머니는 나에게 무슨 말을 전하고 싶었던 걸까. 먼 길 떠나는 어머니의 영혼을 마지막으로 만나는 시간. 장례식장에 도착한 나는 더욱 암담해졌다. 무엇이 그리 급했던지 벌써 입관을 마친 뒤였다. '세상에, 어머니와 이별의 인사도 나누지 못했는데….' 이유를 물어볼 겨를도 없이 눈물범벅이 된 채 이리 뛰고 저리 뛰어야 했다.

그때부터였다. 내 몸에 태풍이 시도 때도 없이 불어닥쳤다. 내가 제어할 수 없는 범위 밖에서 불쑥불쑥 불길이 일었다. 한 번 달궈진 불씨는 사그라지지 않았다. 무슨 일을 하다가도 어머니의 생각에 꽂히면 활활 타올랐다. 나의 갱년기는 이렇게 찾아왔다. 여성 호르몬을 증가시키는 칡즙과 석류즙을 먹어 보았지만, 결과는 허사였다.

그해 여름 나는 잠을 자다가 깨어나 수많은 밤, 찬물을 날마다 바가지로 끼얹었다. 마른 장작에 불을 붙인 것처럼 시도 때도 없이 뜨거워졌다. 찬물을 끼얹으면 내 몸에서 '파스스' 숯이 되는 소리가 들리는 것 같았다. 찬물이 몸을 타고 내려오면 발바닥에서 온기가 느껴졌다.

부지불식간에 닥쳐온 어머니와의 작별에 나의 몸도 죽은 듯 움츠러들었다. 나도 겉으로는 태연한 척 남에게 내 속을 들키지 않으려고 무던히도 숨을 참으며 살고 있었던가 보다.

한 달이 지났다. 연초록의 잎이 벚나무와 산당화에서 하늘거린다. 뜻밖에 가을 순을 틔워낸 것이다. 태풍이 몰고 온 소금물에 절은 잎을 털어내고 여린 순이 얼굴을 내민 것이다. 그냥 시치미 떼고 겨울을 난 뒤, 내년 봄에 싹을 틔워도 되건만, 젖 먹던 힘까지 내며 내년 싹을 미리 당겨온 것이다. '그렇게 애쓰지 않아도 돼. 힘들면 그냥 있어도 괜찮아.' 나무에 건넨 말인지, 나 자신에게 건넨 말인지….

검지

손가락 하나가 나를 지배하고 있다. 나는 지금 아무것도 할 수가 없다. 밴드 세 개를 겹겹이 붙여놓은 왼손 검지가 볼썽사나워졌다. 세수는 고양이 세수로, 고무장갑을 끼는 것이 여의찮아 설거지도 미루고 있다. 노트북 앞에 앉아 자판을 두드리는데 뭉텅해진 손가락은 자꾸 남의 영역을 침범한다.

요즘 푹 빠져 있는 드라마를 보느라 늦은 시간까지 텔레비전 앞에서 눈을 뗄 수 없었다. 광고 없이 일주일을 기다리는 수고를 하지 않아도, 연속해서 한꺼번에 시작부터 끝까지 볼 수 있는 세상이 되었다. 한 번 켠 채널은 오랫동안 나를 붙잡고 엉덩이는 점점 소파 깊숙이 일체형이 되어갔다.

이른 저녁밥이 시장기를 불러왔다. 무언가를 챙겨 먹기도 애매한 시간이었다. 냉동실을 한참 둘러보았다. 봉지마다 들어있는 냉동식품을 조리하기엔 다음 내용이 궁금해졌다. 냉장실 야채 칸에서 토마토 한 개를 꺼내 들고 꼭지를 따다 그만 왼손 검지를 베고 말았다. '악!' 소리와 함께 핏방울이 뚝 뚝 떨어졌다. 황급히 지혈시키고 약을 바른 뒤 밴드를 붙여놓았다.

종로에서 뺨 맞고 한강에다 화풀이하는 격이랄까. 남편이 그제 갈아놓은 날카로운 칼 탓으로 돌린다. 일 년에 한두 번 그이는 연례행사로 숫돌을 챙기고, 발코니에서 칼을 간다. 방석까지 채비하고는 쓱싹쓱싹 위아래로 손놀림이 빨라진다. 한참 숫돌과의 전쟁을 멈추고, 칼을 들어 올려 잘 갈렸는지 잠시 손가락을 갖다 대보며 눈빛에선 만족함이 엿보인다. 칼갈이 장인의 면모이다. 다 갈아진 칼을 넘겨주면서 남편이 자판기처럼 자동으로 나오는 말이 있다. "조심하소!" 칼을 받아 든 나도 질세라 "나 원 참!" 쏘아붙였지만 뒷말이 입속으로 게 눈 감추듯 쏙 들어가 버린다. 그이의 경험치로 나는 칼 하나 제대로 다룰 줄 모르는 사람으로 인식이 되어 있다.

개수대 아래 문을 열면 칼꽂이에 다섯 개의 칼이 꽂혀 있다. 언제부터 어떤 경로로 우리 집으로 오게 되었는지 출처를 모르는 칼들이다. 딸 부잣집 막내딸의 손에 칼이 쥐어지는 기회는 좀처럼 오지 않았다. 내가 하는 일은 뒤치다꺼리로 파를 다듬거나 설거지 등, 시답잖은 것은 나에게 맡겼다. 언니들의 칼질은 웬만한 요리사를 능가한다. 벌써 칼이 도마에 부딪히는 소리만 들어도 기가 죽는다.

칼꽂이에는 내가 자취생활 시절부터 함께 한 칼이 있다. 과도와 식칼의 중간 크기라 으레 내 손에 잡힌다. 아마도 친정 살림 중 일부였을 것이다. 그 칼이면 족했다. 요리사의 능수능란한 손놀림을 보면 욕심이 생길 때도 있긴 하다. 나도 칼과 도마를 치레하고 싶다는 생각이 번득 들었다가 이내 포기하고 만다. 대부분 채칼이나 가위로 싹싹 자르면 된다. 요리에 관심이 있고 썰기에 능하다면 독일 쌍둥이 칼도 나의 주방으로 불러들이고 플레이팅을 위해 다양한 모양의 도마를 탐냈을 것이다.

오래전, 두꺼운 문방구용 커터 칼로 왼손 검지를 깊숙이 베인 적이 있다. 무슨 일을 하면 생각하지 않고 무조건 힘만 쓰다 생긴 일이었다. 지혈이 되지 않아 급한 대로 붕대를 감고 외과를 찾았다. 소독하던 의사는 상처의 크기와 깊이로 봐서 이중으로 꿰매야 한다고 했다. 흉터로 남아 있는 꿰맨 자국만 봐도 나는 검지에게 할 말이 없다. 늦게 배운 칼질은 나아질 기미는 보이지 않고 자꾸만 일을 만든다.

'이런, 검지가 하는 일이 왜 이리 많아!'

손가락에 뇌를 대용하는 기능이 있는 건 아닐까. 자판과 손가락이 맞닿으면 무언가 토닥거리며 진전이 있는데, 이것이 여의치 않아 볼펜을 잡고 글을 쓰려고 하면 생각이 멈추고 오른손은 꼼짝을 않는다. '나 아픈 손가락이거든.' 자기가 용가리 통뼈도 아닌데 눈치를 준다.

상처가 아물고 밴드를 풀 때까지 검지의 투쟁은 계속될 것으로 보인다. 그때까지 나는 고분고분 말을 들어야 한다. '물을 묻히면 안 돼요.', '물건을 들어도 안 돼요.', '운전할 땐 조심해 주세요.' 아픈 손가락의 잔소리가 계속된다.

손톱 밑에 가시 하나가 온몸의 신경을 곤두서게 하듯 상처 하나가 몸도 마음도 옥죄고 있다. 우리 몸 어느 한구석 필요 없는 게 없는데, 중요한 검지가 탈이 났으니 무슨 말이 더 필요할까.

열 손가락 깨물어 안 아픈 손가락 없다는 말이 있지만 그중 덜 아픈 손가락, 더 아픈 손가락이 분명 따로 있다. 다섯 손가락 중 가장 예민한 손가락이 검지라고 한다. 검지는 불과 0.5mm의 두께까지도 가려낼 수 있다고 한다. 시각장애인들은 이 손가락을 이용해 오돌토돌하게 종이에 찍힌 점자를 쉽게 읽는다 하니 가장 예민한 손가락을 내가 홀대했던 것이다.

노트북 자판을 두드리며 깨닫는다. 검지는 다른 손가락보다 할당된 자판이 많아 바쁘게 움직여야 한다. 바느질을 할 때도 검지의 도움이 없이는 엄지 혼자 일을 마칠 수 없다. '검지야, 얼른 나아라.'

꿈을 꾸다

댓돌에서 아버지가 구두를 닦고 있었다. "아버지, 어디 가시려고?" 물었지만 대답이 없다. 늘 입고 있던 허드레옷을 갈아입고 깔끔한 차림이다. 꿈에 아버지가 등장하면 함께 따라오는 장소가 있다. 옛 초가집과 산이밭, 가문이물이다. 친정집은 내가 중학교 때, 초가집을 헐고 슬레이트집으로 바뀌었지만 꿈속은 여전히 초가집이다.

집에서 산이밭으로 가는 길은 두 갈래가 있다. 동산마을을 지나는 지름길인 '웃질'과 구멍가게를 거쳐 가는 '알질'이 있다. 사람들은 구멍가게 주인을 '담뱃집 하르방'이라 불렀다. 아버지는 항상 동산길이 아닌 먼 아랫길을 택했다. 구멍가게에 소주 한 됫병을 심어 두었다가 오고 가는 길에 안주도 없이 한 잔씩 마시며 다녔다. 어쩌다 안주로 드시다 남은 과자를 받아먹은 적도 있다.

집에서 종종걸음으로 십 분 정도를 걸으면 산이밭에 다다른다. 밭에 일하러 가는 날이면 물을 뜨러 다니는 것은 나의 일이었다. 가문이물은 주변 마을 사람들의 생명수였다. 이른 아침부터 물허벅에 물 긷는 소리가 퐁, 퐁, 퐁…. 심심찮게 들렸다. 늦은 밤까지 빨래하는 여인들의 발걸음도 끊이지 않았다. 그네들의 입방아에 오른 소식은 민들레 홀씨처럼 발도 없이 멀리멀리 퍼져 나갔다.

산이밭은 이름처럼 높은 지대에 자리를 잡고 있어 관망대 같은 곳이었다. 마을로 이어주는 뱀처럼 휘어진 좁은 길, 대여섯 가구가 몰려있는 골목 풍경을 훤히 들여다볼 수 있었다. 멀리 사람의 그림자만 보여도 그의 움직임과 걸음걸이로 누구인지 짐작하였다.

아버지는 늘 아랫길을 오가셨다. 어머니의 표현에 의하면 '자국에 물이 나게 걷는다.'고 하였다. 농번기에 보리가 꺾일지라도 좀처럼 조바심을 내지 않았다. 항상 불각대각(부리나케) 앞장서서 들로 나가는 건 어머니였다. 아버지는 그렇다고 곧바로 따라나서지도 않았다. 또다시 어머니의 레퍼토리가 쏟아졌다. 선 자리가 여럿 들어왔는데, 외할아버지와 외할머니의 선택으로 하는 수 없이 아버지에게 시집을 오게 되었다고 푸념을 늘어놓곤 했다. 다른 집 아버지처럼, 트랙터도 배우고 농사일에 앞장서길 원했지만 늘 뒷걸음질 쳤다. 나는 그런 아버지를 이해할 수 없었다.

아버지는 4·3사건으로 할아버지가 돌아가시자 어린 나이에 가장이 되었다. 이어서 6·25전쟁은 피할 수 없었고 오랜 군 생활을 해야 했다. 분출할 수 없는 서러움, 억울함, 원통함이 아버지를 그렇게 만들어 버린 건 아닐까. 도무지 맨정신으로는 살아갈 수 없는 세상이 아니었던가. 내 기억 속의 아버지는 이기지도 못하는 술을 드시곤 비틀거리는 발걸음으로 집으로 돌아와 말없이 잠을 청하곤 했다.

아버지의 마음을 읽을 수는 없었다. 하지만, 어린이날과 크리스마스는 특별한 날을 만들어 주고 싶으셨던 걸까. 무슨 일이 있어도 일을 시키지 않으셨다. 어머니가 자식들에게 잔소리하는 것을 무척이나 싫어했다. 어머니를 향해 시끄럽다며 혀를 끌끌 차곤 하였다.

동네에 애경사가 생기면 밤을 새워 윷놀이판이 벌어졌다. 아버지는 윷놀이에 능했던지 돈을 따고 들어오는 날이 많았다. 이튿날은 딴 돈을 나눠주었다. 나는 어머니의 애간장 타는 소리는 뒷전이고 밤새 돈을 땄는지에 관심이 컸다.

가문이물에 물을 뜨러 가면 장난기가 발동했다. 물을 다 퍼내면 바닥이 어떻게 생겼는지 궁금하기도 했다. 바가지로 마구마구 퍼내 보았지만, 잠시 출렁일 뿐 눈금을 벗어난 적이 없다. 퍼내도 퍼내도 끝없이 채워졌다.

　오랜만에 찾은 가문이물은 겨우 형태만 남아있었다. 먹는 물과 빨래하는 물로 칸이 나뉘어 있었는데, 약해진 물길 때문인지 한쪽 칸은 메워져 있었다. 그나마 남은 칸에는 올챙이 밥이 뒤덮여 있고 바람 따라 흩날리던 낙엽이 수북이 쌓여 있었다. 차곡차곡 쌓인 돌담에는 세월의 흔적을 이야기하듯 돌꽃이 피어 있었다. 내 어릴 때의 추억의 장소는 온데간데없고, 아버지의 모습도 더는 볼 수 없었다.

　제트기 한 대가 하늘에 구름길을 만들고 지나간다. 다시 꿈에 아버지가 찾아오시길 기다린다. 내 시야에서 사라졌다고 기억까지 지울 수는 없었나 보다. 어릴 적 추억은 시간이 흐를수록 더 또렷해지고 있다. 아버지를 또 만나는 어느 날, 가을이 무르익기를 기다리며 나는 가문이물에서 물을 뜨고, 산이밭 안쪽에 있는 모람나무 열매가 익기를 기다리고 있지 않을까.

밴댕이
소갈딱지

달걀만큼 우리 식탁에 자주 오르는 음식 재료가 있을까. 그 쓰임새도 다양하다. 계란찜, 삶은계란, 계란말이, 장조림 등. 또 국수와 떡국의 고명으로 턱 하니 맨 윗자리를 차지하곤 한다. 가격이 저렴하여 약방의 감초처럼 안 끼는 데가 없다.

마트에서 장을 볼 때 채소와 고기, 생필품은 장바구니에 차곡차곡 집어넣으면 되지만, 제일 신경 써야 하는 것은 계란이다. 깨지지 않게 조심해서 운반해야 하는 번거로움이 뒤따른다. 열 개짜리를 사야 할지 한판을 사야 할지 들었다 놓기를 반복한다. 열 개를 사고 나면 금방 후회가 밀려온다. 삶거나 계란말이를 하면 두 번

이면 끝난다,

당근 마켓에서 주마다 계란을 배달해 준다는 광고를 보았다. 나의 고민과 번거로움을 말끔히 해결할 좋은 방법이었다. 비대면의 장점을 이용하여 10회분을 먼저 입금하면 문 앞으로 배달되는 이점이 있으니 마다할 이유가 없었다.

두 번째 배달을 받은 다음 날부터 계란에 '금金' 자가 붙었다. 고병원성 조류인플루엔자 확산세가 지속하고 있다는 소식과 함께 값이 치솟고 있다는 기사를 보게 되었다. 한 개쯤 깨져도 아까운 마음도 없이 쉽게 버렸던 것인데 배달되어 온 계란이 더 소중해졌다.

계란은 아기의 첫 이유식에도 빠질 수 없다. 누군가는 어렸을 때 먹었던 음식 중 제일 맛있고 기억에 남는 음식이 계란간장밥이라고 했다. 사발에 방금 지은 흰쌀밥을 뜨고 계란 스크램블에 참기름 몇 방울 떨어뜨리고 김 가루 살살 뿌려 쓱쓱 비비면 훌륭한 한 끼가 된다.

나는 라면을 끓일 때 꼭 계란을 넣는다. 강한 국물 맛을 중화시키는 데 한몫한다. 순두부나 해장국을 좋아하는 것도 계란이 있어서이다. 한 개 풀어 넣으면 건더기와 어우러져 감칠맛을 더해준다. 노른자가 익은 정도로 기호가 갈린다. 나는 완숙파였다가 요즘은 반숙파로 바뀌는 중이다. 반숙이 고소하고 덜 퍽퍽하여 소화가 잘

되는 것을 경험하고부터이다.

계란말이는 프라이팬에서 스펀지처럼 부풀어 오를 때 귀퉁이를 떼어먹으면 제맛이다. 계란이 귀하던 어린 시절, 어머니의 계란말이에는 밀가루가 들어갔다. 김밥을 쌀 때도 그랬던 기억이 난다. 그래도 그 시절에는 어찌나 맛이 좋았던지….

가끔 계란프라이는 음식의 격을 높여준다. 햄버그스테이크를 잘 익혀놓고 그 위에 얹으면 보기에도 근사해진다. 오늘 우리 집 저녁 메뉴가 불고기덮밥이었다. 오목한 접시에다 밥을 뜨고 불고기를 덮으면 그냥 평범한 덮밥이지만, 계란프라이 하나를 얹었더니 황후의 식사가 부럽지 않았다.

어느 일요일, 저녁을 준비하는데 전화가 걸려 왔다. 계란값이 너무 올라 불가피하게 인상할 수밖에 없고 나머지 금액에서 공제하겠다는 내용이다.

"무슨 소리예요!"

가스레인지에 올려놓은 된장국이 끓어오르자, 내 목소리도 한층 높아졌다.

"아~ 네. 다음에요." 상대는 뒤끝을 흐리며 전화를 끊었다.

전화를 끊고 내 머리를 쥐어박았다. 알았다고 하면 될 것을 그까짓 게 뭐라고 상대의 마음을 불편하게 만들었는지 모르겠다. 장문의 문자를 보냈다. 마음과 달리 내뱉어진 말에 대한 사과와 주마다 편하게 문 앞까지 갖다주는 정성에 대한 감사하다는 내용과 함께 추가 금액을 입금했다. 다음날, 상대도 마음이 불편했는지 죄송하다며 계란을 배달하면서 구운 계란 한 개를 용서의 뜻으로 놓고 갔다.

디포리라고도 불리는 밴댕이는 육수를 내는데 그만이다. 어부들은 밴댕이가 그물에 잡히자마자 죽는 게 밴댕이의 속이 작고 성질이 급하기 때문이라고 말한다. 일상생활에서는 보통 속이 좁거나 마음 씀씀이가 소심한 사람을 비유하는 표현으로 사용된다. 나도 밴댕이 소갈딱지인 것 같다.

몸치의
반란

여인들 여럿이 한 그룹을 이루어 대형 거울 앞에 서 있다. 거울을 마주하고 자기 모습을 들여다보면서 춤을 춘다. '하나둘 셋 넷…, 둘둘 셋 넷…' 흘러나오는 노랫소리와는 딴판으로 동작이 각각이다. 장기 자랑이라면 타고난 재능을 뽐내는 자리일 텐데, 거리가 멀어도 한참은 멀어 보인다.

춤은 '가락에 맞추거나 절로 흥에 겨워 팔다리나 몸을 일정한 규칙에 따라 움직이는 동작'이라 사전에 나와 있다. 현란한 몸동작과 힘 있는 노래로 무대를 꾸미는 아이돌의 무대를 볼 때마다 저게 가능한 일인가 의문과 함께 감탄사가 절로 나온다. 아이돌로 데뷔하기 전 연습생 시절이 있는 걸 보면, 아마도 남들이 직업에 매진

하는 시간만큼 춤과 노래에 전력을 다한 결과물이 아닐까.

오래전, 발레리노 미하일 바리시니코프가 출연한 영화 '지젤'을 보았다. 내가 직접 춤을 추지 않아도 대사가 없어도, 춤 하나만으로도 무대에 오른 무용수의 희로애락을 고스란히 읽을 수 있었다.

내가 초등학교에 다닐 때, 고학년은 특활시간이 있었다. 4학년에 올라가면서 선배들의 조언도 들으며 어느 반으로 갈까 잠시 기웃거리는 동안, 내 이름이 무용반에 올라 있었다. 내 의지와는 상관없이 전적으로 담임선생님의 간택이었다. 선생님은 일주일에 한 번 특활시간이 되면 무용반 아이들을 둥그렇게 앉혀놓고 시범을 보였다. 그때마다 나는 선생님과 파트너가 되어 손을 잡고 동작에 맞춰 춤을 추었다.

본디 타고난 재능이 없기도 하거니와 누구 앞에서 춤을 춰 본 경험이 없던 터라 자꾸만 동작이 엇나갔다. 선생님의 발이 왼쪽으로 가면 내 발은 오른쪽으로, 선생님이 앞으로 나아가는 동작을 하면 내 몸은 뒤로 물러났다. 아이들 앞에서 얼굴이 홍당무가 된 적이 한두 번이 아니었다. 선생님은 그러거나 말거나 끈질기게 내 손을 잡고 한 학기 동안 나와 한 팀이 되어 춤을 추었다. 그날 밤엔 외줄 타기를 하다 낭떠러지로 떨어지는 꿈을 꾸었다. 일찌감치 내가 춤에 소질이 없다는 것을 알아버렸다.

이 기억을 소환해 내야 하는 일이 현실에서 생겼다. 작가회 송년의 밤에 반별 장기 자랑을 해야 했다. 주위의 부추김에 잠시 뜸을 들이던 사이에 초등학교 특활시간처럼 내가 앞으로 내몰렸다. 모두가 턱을 괴고 나만 바라보고 있었다. 영상을 보며 동작을 따라가자니 눈이 먼저인지, 노래가 먼저인지 헷갈렸다. 분명 눈과 귀는 내 몸의 지체임에도 호응이 안 되었다. 빠른 박자에 맞춰 익힐 틈도 없이 다음 동작으로 이어진다.

도무지 따라갈 수 없는 동작이다. 손과 발의 움직임을 글로 써 보기로 했다. 동작 1, 동작 2…, 동작을 기억하며 반복해서 연습하고 음악에 맞춰 연습했다. 낮에는 손님이 없는 매장에서, 잠자리에 들 때와 아침에 눈을 뜨면 동작을 떠올려 보았다.

몸치의 공연 소식은 남편에게 은근히 나를 놀릴 먹잇감이 되었다. 많은 사람 앞에서 춤을 추기 전에 자기 앞에서 떨지 말고 춰 보라고 했다. 음악을 틀어놨지만 잠시 긴장했는지 동작이 기억나지 않았다. 이후 동작은 기억해 냈지만, 노래는 저만치 흘러가 버리고 손발이 제대로 움직이지 않았다. 그이의 비난이 래퍼처럼 쏟아졌다.

"아냐 아냐, 손이 제대로 올라가야지. 동작을 크게 크게. 허허— 이래 가지고 누구 앞에 선다고…."

"내 나이가 몇인데…! 젠장."

춤은 몸을 이용한 표현 매체이다. 태어난 지 얼마 안 된 아기들도 음악 소리에 맞춰 몸을 흔든다. 모든 살아 있는 것들은 춤을 춘다. 더러는 바람이 매개되어 낙엽이 뒹굴고 파도가 일렁인다. 널어 놓은 빨래와 내리는 눈 삼라만상이 춤을 춘다. 우리 민족은 유독 흥이 많은 민족이지 않은가. 음주·가무에 능한 DNA를 나도 물려받았을 터인데. 이참에, 춤이나 배워볼까나.

"산다는 게 다 그런 거지…."

"아모르파티…!"

온종일 머릿속에 노래와 춤이 끈질기게 따라다닌다. 틀리면 어떻고 남들이 좀 웃으면 어때, 그냥 막 춰 버릴 테다.

육아 놀이

        수화기 너머 아들의 목소리가 거의 들리지 않는다. 토끼처럼 귀를 쫑긋 세웠다. "하엘이 재우고 있어요." 덩달아 나도 소곤거린다.

    스물네 시간 잠시도 눈을 뗄 수 없는 게 육아가 아니던가. 아마 육아에 지친 며느리는 잠시 쉬면서 숨 고르기를 하고 있지 않을까. 손자는 태중에 있을 때, 무척이나 지어미를 힘들게 했다. 며느리는 먹을 것도 제대로 못 먹고 기운이 없어 기어다녔다. 그에 대한 보답이라도 하는 걸까. 녀석은 백일도 되기 전부터 통잠을 잤다.

    친정어머니는 내가 아이들을 키울 때, "아긴 아맹 착해도 흔 놈역 들여사 헌다. (아기는 아무리 순해도 한 사람이 집중해서 돌봐야 한다.)"라고 했다. 내가 두 아들을 키우던 시절에는 사방을 둘러보아도 도움의 손길을 구할 수가 없었다. 스트레스, 우울증 같은 증세가 분명히 있었을 터인데, 지나서 생각해 보건대 그 감정에 머물러 있을 시간조차 허락하지 않았다. 누가 잠깐이라도 아기를 봐준다면 살 것 같았다.

주말부부로 시작한 신혼은 두 시간에 한 번 우유를 먹이고 밤에도 몇 차례 기저귀를 갈아야 했다. 잠은 늘 부족했다. 나와 떨어지지 않는 작은아들을 등에 업고 밥을 먹은 적도 종종 있다. 밥도 먹는 둥 마는 둥, 주변을 돌아볼 새도 없이 하루가 어떻게 가는지 모르게 흘러갔다. 첫 아이를 출산한 후, 한 달의 휴가가 끝나고 힘겨운 워킹맘의 시간이 기다리고 있었다. 혼자 외출은커녕 영화를 보러 가는 것은 부러운 남의 일이었다.

신작이 개봉되면 바로 영화관을 찾던 아들 부부가 어느 날 도움을 요청해 왔다. "영화 보러 가도 돼요?" 마다할 우리가 아니었다. 손자를 마음껏 볼 수 있는 기회이지 싶었다. 손자를 몇 시간이나 볼 수 있다는 게 우리 부부에겐 횡재였다. 혹 울어도 어부바를 하면 칭얼거림이 멈춘다. 포대기로 아기를 업으면 끄떡없이 내 등에서 한 시간은 재울 수 있다. 나의 등과 아기의 배가 맞닿아 체온이 전해진다. 아기의 새근거리는 숨소리를 들으며 집안일을 하거나 밖을 돌아다니는 것도 가능하다. 나는 수시로 손자의 두세 걸음

앞에 쪼그리고 앉아 등을 내민다.

나는 아들들이 아기 때 쓰던 물건들을 장가갈 때 주려고 따로 챙겨 놓았다. 배냇저고리, 보행기신발, 나와 하나였다가 분리되었다는 증거인 탯줄까지…. 결혼하는 아들 가정에 전해 줄 물건들을 하나하나 비닐로 포장했다. 장롱 안쪽에 오래 묵혀 있던 배냇저고리는 세제를 넣고 삶았더니 새것처럼 하얘졌다.

재미있는 쇼츠 shorts 영상을 보았다. 아빠로 보이는 남자가 아기 앞에 쪼그리고 앉아 팔을 뒤로 폈다. 업히라는 동작이다. 어부바를 해 본 적이 없는 아기는 아빠 옆에 쪼그리고 앉아 똑같은 동작을 하고 앉았다. 요즘 아기들은 어부바를 모르고 자라는 경우도 꽤 있는 것 같다. 어부바를 알려 주고 싶어 수시로 '어부바'를 외친다. 내 등으로 와락 달려들 때도 있지만, 짐짓 장난을 치며 비껴가기도 한다. 확률은 반이다. 기분에 따라 다르다.

아기 때 썼던 물건들을 하나하나 상자에 담는데 아기를 키우던 시간이 바로 엊그제인 듯 선명했다. 배냇저고리를 가만히 뺨에 대니, 아기의 젖 냄새와 보드라운 피부를 맞댄 듯했다. 한 줌 안에 들어오는 발에 양말을 신기면서 '발가락이 몇 개지?', '누굴 닮아서 이렇게 사랑스러운 거야?' 물었던 생각, 젖을 물리고 나와 눈이 마주치면 빙그레 답하느라 턱으로 젖이 흘러내렸던 기억, 기저귀를 갈면서 배에다 '붕-'하고 바람을 불어넣으면 자지러지게 웃었던 기억들이 하나둘 살랑거리는 봄바람처럼 스쳤다. '까르르 깍' 웃음소리가 귓가에 들리는 듯했다.

손자는 어느 날부터 목 튜브를 끼고 욕조에서 수영하며 바닥을 차는 솜씨가 예사롭지 않았다. '섬마섬마…' 곡조까지 달아 손자를 부추겼다. 아들은 신기한 듯

"그거 제주 사투리예요?"

"글쎄, 나도 모르게 튀어나왔어."

내 기억 저 밑바닥에서 생각지도 못한 단어가 튀어나온다. 사전을 찾아보니 사투리는 아니었다. 내 주먹 안에 들어가는 그 조그만 발이 제법 자라고 통통하게 살이 붙었다. 바닥을 디뎌본 적이 없는 몽글몽글한 곰돌이 젤리 같은 발가락을 조물조물 만지며 섬마섬마를 자꾸만 시킨다. 또, 머리를 좌우로 흔드는 것을 배웠는지 정신없이 흔들었다. 쏟아지는 잠을 쫓기 위해서 하는 행동이라고 한다. 그 모습이 하도 우스워 도리도리를 시켜 보았다. 손자는 내 모습이 신기한지 집중하여 나를 물끄러미 쳐다보았다. 오히려 내가 손자 앞에서 도리도리한 격이 되어 버렸다. 재롱은 내가 떨고 말았다.

남을 배려할 줄도 모르고 이기적으로만 보이던 작은아들이 한 가정의 가장으로 살아가는 것을 가만히 들여다보면, 종족 보존의

본능일까, 내리사랑의 본능일까 궁금해진다. 자식을 낳아 키운다는 것은 전적인 부모의 헌신이 필요하다. 자신의 시간과 돈을 양보해야 하는 일이지 않은가. 여하튼 손자의 존재가 여러 세계로 나를 이끈다. 구십년대생 아들 부부를 바라보는 내 마음은 기특함 반, 안쓰러움 반이다. 나는 세월을 거슬러 육아 놀이에 빠져서 산다.

아버지의
해방일지

　　일곱 남매가 한자리에 모였다. 각자 삶의 자리가 다르고 사정이 있어 아버지, 어머니의 장례식 때도 다 모이기가 어려웠다. 오늘은 부모님이 이 땅에 남겨 놓은 한 줌의 재가 담긴 유골함이 이사하는 날이다. 두 분은 결혼하고 돌아가시는 날까지 이사를 해본 적이 없다.

　　한라산 해발 600m에 위치한 국립제주호국원에 들어서니 높게 솟은 현충탑이 먼저 시야에 들어왔다. 예를 갖춘 정복 차림의 직원들이 우리 일행을 실내로 안내했다. '국가를 위한 희생 영원히 잊지 않겠습니다.'라는 문구가 첫 방문으로 어리둥절한 나의 마음을 놓이게 했다. 지정된 함에 유골을 모시고 밖으로 나갔다. 조성된 묘지 주변에는 하늘을 향해 곧게 뻗어 꼿꼿하게 서 있는 소나무 사이사이로 배롱나무가 분홍색 꽃을 피우고 있었다. 묘지는 한 치의 오차도 없이 병사들의 대열처럼 가로세로 간격을 맞춰 정렬해 있었다.

나는 오랜 시간 아버지를 보고 자랐고, 함께했기에 아버지를 다 아는 줄 알았다. 얼굴, 걸음걸이, 말투, 목소리까지. 아버지가 살아온 삶이 궁금해질 때쯤엔 당신의 귀가 닫혀버려 대화는 할 수 없었다. 왜 그랬을까, 의문은 꼬리에 꼬리를 물었지만, 결국 아무것도 모른 채 아버지는 떠나 버리고 궁금증을 해소할 기회조차 놓치고 말았다.

나는 열일곱의 소년 아버지와 마주했다. 4·3사건 당시 아버지는 할아버지의 희생 현장을 목격하였다. 공포로 금방이라도 죽을 것 같은 상황. 사방을 둘러보아도 숨을 쉬는 것조차 힘든 현실의 막막함. 속울음으로 슬픔을 감추며, 대상이 없는 분노를 풀 길이 없어 낙심한 소년은 현실도피를 선택했지 싶다. 자원하여 군에 입대하였고, 군 복무 당시 6·25전쟁의 발발로 국가에 의해서 발목이 잡혀 버렸다. 본의 아니게 5년 8개월의 군 생활을 해야만 했다. 아버지의 푸르른 청춘을 군에서 보냈다고 해도 과언이 아닌 듯싶다.

남자들은 군대 이야기, 축구 이야기를 하면 2박 3일도 짧다던데, 새끼줄 꼬듯 얽히고설킨 많은 일이 있었을 터인데 당시의 무용담을 가족들에게 들려준 적이 없다. 술을 마시고 푸념이라도 했더라면 아버지의 짐이 조금은 가볍지 않았을까. 평생 아버지는 두 개의 짐을 짊어지고 다니셨던 게다. 4·3사건에서 아버지를 잃은 장남으로, 6·25 전장에서 동료들의 죽음을 목도하며 공포 속에서 참전용사로 멈추지도 돌아서지도 못할 길을 묵묵히 걸어오셨다.

아버지는 자주 안주도 없이 유리컵에 소주를 가득 부어 들이키곤 했다. 아버지에게 술이란 무엇이었을까. 고통을 잊는 마취제나 진통제 같은 건 아니었을까. 노년에 이르러서는 소주에서 막걸리로 바뀌었다. 나는 아버지가 술에 취한 모습으로 그 흔한 어깨춤한 번 들썩이는 모습이나, 흥얼거리는 것을 들어본 적이 없다. 어쩌면 그런 것들이 잠시 현실을 잊게 하는 청량제 같은 역할을 하지 않았을까. '아버지에게는 아버지의 사정이 있으셨겠지.'라고 치부하기에는 너무도 아쉽기만 하다.

아버지도 장밋빛 미래를 꿈꾸던 때가 있었겠지. 세상의 아버지들이 다 그랬던 것처럼. 가지 많은 나무에 바람 잘 날이 없다고 자식 일곱은 하루가 멀다고 사건·사고를 치고 다녔을 테고. 이래저래 세월은 흐르고 모든 걸 포기해야만 했던 건 아닐까.

어쩌면 아버지에겐 죽음으로 비로소 자유가 찾아왔는지도 모르겠다. '비극의 역사가 비극적인 개인을 만든다.'고 했다. 진정한 아버지의 마음을 알지 못한 불효는 뒤늦은 후회로 끝이 없다. 왼쪽과 오른쪽, 빨강과 파랑, 이념도 사상도 다 부질없는 것. 아군도 적군도 없는, 그냥 민간인의 희생만 남았고 끝나지 않은 상처는 대물림 중이지 않은가.

아버지의 희생과 헌신이 남긴 것은 무엇이었을까. 나라, 아들, 딸, 손자, 손녀…. 그리고 보면 참 많은 것을 남기셨다. 한 사람이 우주라면, 아버지는 일곱 개의 우주를 낳았고 그들이 또 다른 우주를 남겼으니…. 죽음은 그러니까, 끝이 아닌가 보다.

어릴 적 나는 수도 없이 현실에서 이루지 못할 꿈을 꾸었다. 나도 부잣집에 태어났더라면, 친구의 아버지가 나의 아버지였더라면 하며, 밤새 꿈을 꾸었지만, 아침이면 파도가 밀려와 사라지는 모래성 같은 것이었다. '백설 공주와 일곱 난쟁이' 동화책을 보면서 공주처럼 원피스를 입은 친구가 부러웠고, 휴일이면 공부가 하고 싶은데, 일하러 밭으로 나가야 하는 현실이 너무나도 싫었다. 아버지가 원망스러울 때도 많았다.

연민, 죄송함, 속상함, 사랑, 감사…. 상충하는 단어들이 나의 뇌리를 맴돌았다. 모든 고통과 아픔, 원망으로부터의 해방. 고단하고 한 많은 삶을 사신 아버지에게 해방을 드리고 싶었다. 누구도 손가락질할 수 없는 아버지의 삶에 대한 응원. 그 아버지를 향해 깊이 담아두었던 원망과 불평에 대한 나의 해방도 필요했다.

'육군 중사 ○○○의 묘'. 부모님을 합장한 묘는 이상하리만치 편안함이 감돌았다. 이제 아버지는 무거운 짐과 떠올리고 싶지 않은 아픈 기억을 다 내려놓으셨다. 생전에 아버지는 어머니의 잔소리에 귀를 막고 다니시는지 우이독경 식이었다. 자주 보던 한 장면이 스쳐 갔다. 외출에 나선 아버지와 어머니, 티격태격하며 어머니의 그림자를 따라가던 아버지의 모습이 떠오르자, 내 마음에도 해방이 찾아왔다.

평설

가족 수필과 인간학

문학평론가, 수필오디세이 발행인

가족 수필과 인간학

안성수

문학평론가, 제주대 명예교수, 『수필오디세이』 발행인

1. 수필로 쓰는 인간 탐구

수필작가는 글쓰기로 인간과 인생을 탐구한다. 그가 인간을 탐구하는 방식은 특별하고 귀하다. 그는 소설가와 희곡작가처럼 허구적으로 이야기를 꾸며내어 인간과 인생에 관한 개연적 의미를 창조하지 않는다. 그의 작업은 자신이 경험한 실제 삶을 관찰, 분석, 관조하여 인간의 본질과 진정한 실존적 의미에 질문을 던지는 작업이기 때문이다.

수필 쓰기는 가장 인간적인 방식으로 인간의 본질과 인생을 반

추하고 통찰하는 인간학의 정수精髓이다. 그것은 작가가 자기의 실제 인생에 관한 미학적이고 철학적인 관조와 숙성과정을 거쳐, 자기 정체성과 세계 인식에 이르고자 하는 글쓰기라는 점에서 타 장르의 추종을 불허한다. 더욱이 수필은 작가가 자신을 모델로 진정한 인간을 탐구하는 글쓰기의 전형이라는 점에서 소중하고 가치롭다.

진영숙 작가는 자신과 가족의 관계를 치밀하게 통찰하여 인생과 인간에 대한 실존적 인식에 도전한다. 친정 부모님과의 추억 속에서, 남편과의 일상적 삶에서, 자녀들과의 혈연관계 속에서 가족이란 무엇이며, 사랑이란 어떤 것인가를 자문한다. 나아가 주어진 삶의 조건 속에서 어떻게 사는 게 바람직한 삶의 길인가를 자신의 글 거울에 비춰본다.

특히, 이 작가는 가족 서사를 담백하고 간결한 문체에 담아 흥미롭게 전달하는 방식으로 독자를 유혹한다. 독자는 그의 따뜻한 가족 이야기에 매료되어 이 작가만의 집안 풍경과 진솔한 가족애를 풋풋한 삶의 울림으로 만나게 될 것이다.

2. 가족 담론과 사랑 탐구

진영숙의 가족 이야기는 크게 두 유형으로 나눌 수 있다. 하나는 친정아버지와 친정어머니를 주인공으로 하는 이야기로 돌이킬

수 없는 실존적 연민을 다룬다. 다른 하나는 남편과 두 아들, 손주 등을 모델로 개성 있게 전개되는 포용적 사랑 이야기를 들려준다. 전자가 구심적 사랑에 초점을 둔다면, 후자는 원심적인 사랑을 꿈꾼다. 이 두 이야기 유형은 과거 가족 담론과 현대 가족 담론 간의 시대 문화적 차이를 여실하게 보여주면서, 혈연 속에서 끈끈하게 이어지는 가족애의 본질이 무엇인가를 조용히 돌아보게 한다.

이 수필집에 수록된 가족 담론은 전체 40편 중 25편으로서 60%를 차지한다. 그 가운데 대표작 여섯 편의 특성을 살피는 방식으로 이 작가가 지향하는 가족애의 진정한 의미에 접근하고자 한다. 먼저, 친정아버지와 친정어머니에 대한 애달픈 사랑은 「팽나무」, 「어머니의 의자」, 「가을 순」 등에서 확인된다.

「팽나무」는 아버지의 우주였던 어머니가 세상을 뜨자, 삶이 송두리째 변모하는 모습을 지켜보며 안타까움에 눈물짓는 이야기이다. 친구와 지인들이 떠나버린 고향마을, 신문과 TV를 벗 삼아 살아가는 노쇠한 아버지의 외로운 삶을 원관념으로, 동네의 수호신처럼 서 있는 팽나무를 보조관념으로 설정하여 등가적 이미지로 형상화한다. 이러한 이중구조는 4·3사건에 아버지를 잃고 장남으로서 말 못 할 아픔을 가슴에 안고 침묵 속에서 살아야 했던 아버지의 비애를 연민의 사랑으로 형상화한다.

「어머니의 의자」는 작가가 어느 날 어머니가 남기고 떠난 빨간 의자에 앉아 커피를 마시면서 추억에 잠기는 이야기이다. 이 작품에서 작가는 어머니가 병상에서 내뱉은, '5년만 더 살 수 있다면!'이란 말을 듣고 어찌할 수 없는 상황에 가슴 아파한다. 어느 날, 그는 어머니의 마지막 소망을 위해 긴 몰입 속에서 간절히 기도하던 중, 뜻밖에 영혼이 들려주는 소중한 문장 하나를 얻는다.

"하나님, 제 생명의 5년을 어머니께 드리면 안 될까요?" 무의식 속에서 흘러나온 작가의 이 고백에는 어머니를 향한 곡진한 사랑이 내재한다. 그는 이 간절한 간구 기도의 대가代價로서 하늘이 내린 사랑의 에피퍼니를 가슴에 품는다. 어머니를 죽음으로 내몰고 있는 불가항력의 시간에 맞서, 자식으로서 할 수 있는 최선의 행동은 혼을 담은 기도밖에 없었을 것이다. 이 특별한 문장은 그의 진실한 심령 기도가 하늘에 닿아 그분께서 조용히 내려보낸 궁극의 언어가 아닐까 싶다. 작가는 가슴이 메어오지만, 그러한 슬픈 현실이 거역할 수 없는 냉엄한 우주 법칙임을 깨닫는다.

자식이 이승을 떠나려는 부모의 시간을 어찌 막을 수 있겠는가. 그 속수무책의 시간 속에서 그가 할 수 있는 일은 진실하고 순결한 영혼으로 뜨겁게 기도하며 보내드리는 길밖에 없다. 이것은 작가가 자기 곁을 영원히 떠나려는 부모님께 안겨드릴 수 있는 우주적 연민의 유일한 호소 방식이다. 작가의 심령 깊이에서 솟구쳐 오르는 이 뜨거운 사랑의 기운, 그 영적 에너지 속에 하늘이 맺어준 부모와 자식을 잇는 혼의 울림이 살아 흐른다.

「가을 순」은 태풍으로 바닷물을 뒤집어쓴 아파트 화단의 나무들이 내년 봄에 새싹을 틔울 수 있을까 걱정하는 액자 이야기로 시작된다. 내화에서는 어머니 사후에 시도 때도 없이 불길처럼 치솟는 고통스러운 갱년기 증상과 대결하는 이야기가 담겨있다. 종결 액자에서는 한 달 뒤 '가을 순'을 내민 용기 있는 나무와 자신을 등가화하여, '그렇게 애쓰지 않아도 돼. 힘들면 그냥 있어도 괜찮아.'라는 따뜻한 격려의 말을 보낸다. 그 영적 위로의 언어 속에 실존적 사랑이 꿈틀댄다.

두 번째 유형은 남편과 두 아들, 손자를 소재로 한 「고장 난 시계」, 「꼬부기와 폼생이」, 「헤벌쭉」 등이다. 이 계열의 작품은 작가가 이야기꾼으로서 남다른 재능을 보여준다. 특히, 진솔하고 흥미로운 소재를 자연스럽게 들려주어 편안하게 잘 읽히는 장점이 있다. 이처럼, 인생에 관한 의미심장한 질문을 재미있게 들려주는 건 현대의 독자들이 원하는 바이기도 하다.

「고장 난 시계」는 사업상의 일로 잠 못 이루는 남편을 조용히 지켜보며 쓴 글이다. 이 작품은 그가 30년 전 연애 시절에 사준 고장 난 벽걸이 시계를 보조관념으로 삼아, 사업 문제로 가슴앓이하는 모습을 등가화하여 형상화한다. 결말에 이르러 남편에게 위로의 말과 함께 고장 난 시계를 고치리라 결심하는 장면에서 진한 부부애가 흐른다.

이 수필은 부부간의 사랑을 심리적으로 형상화한 작품이다. 나이 들어가는 부부 사이에서는 진심 어린 위로나 격려가 농익은 사랑의 언어임을 보여준다. 그것은 두 사람의 추억이 깃든 고장 난 시계를 조용히 고쳐놓는 것처럼, 남편이 일상에서 실족하지 않게 가슴속에서 샘솟는 위로와 격려로 용기를 북돋우는 동행의 의리가 돋보인다.

「꼬부기와 폼생이」는 두 아들의 애칭이다. 내화에서는 두 아들을 키우며 경험한 일화를 그들의 대비적인 행동이나 성격을 통하여 제시한다. 결말에서는 잔소리로 아빠를 곤혹스럽게 하는 엄마에 맞서 한통속이 되어주는 혈연의 의리로, 부자간에 생성되는 애정의 진면목을 상기시켜 준다. 이야기 자체도 설득력이 있지만, 궁지에 몰려있는 아버지를 편들어 주는 남성들의 의리를 읽어 내는 능력은 역시 심리상담 전문가답다.

「헤벌쭉」은 민중의 가면인 하회탈 이야기를 도입과 종결액자로 삼고 있다. 내화에서는 작은아들이 결혼하여 손자를 낳자, 행복해하는 남편과 작가를 키워준 할머니에 대한 그리움을 병치시켜 회상한다. 코로나와 싸우면서도 헤벌쭉 웃는 손자의 재롱을 보며 하루의 시름을 잊는 풍경도 정겹고 사랑스럽다.

이 두 번째 유형의 가족 이야기는 일견 부모 세대의 담론보다는 가벼워 보이지만, 그 사랑의 빛깔과 농도는 현대 가족의 속성을 보편적으로 보여준다. 그것은 일방적이고 보수적인 아날로그적 내리사랑이 아니라, 상대방의 기대와 염려를 쌍방향으로 자유롭게 주고받는 현대적인 디지털식 사랑의 풍속도임이 분명하다.

이렇듯, 부모 세대의 전통적 사랑이 일방적 희생에 뿌리를 둔다면, 작가의 현대적 가족관계 속에서는 해야 할 말을 아낌없이 주고받는 상호소통의 사랑이다. 전자가 주로 침묵으로 주고받는 이심전심의 포용과 연민의 사랑이라면, 후자는 풍부한 대화 속에서 피어나는 이해와 기대의 사랑이다. 이 두 유형의 가족 담론이 공통으로 보여주는 사랑의 본질은 시대를 초월한 혈연의 운명 속에서 대가 없이 주고받는 무한한 연민과 이해, 포용의 힘이 내뿜는 우주의 중력 같은 것이다.

3. 기법의 발견과 미학

진영숙은 비교적 서사적 이야기를 잘 다루는 작가이다. 그의 이야기를 듣고 있노라면, 집안 사정이나 가족관계가 한 폭의 그림처럼 사실적으로 떠오른다. 이런 공감 효과를 누리기 위해 작가는 글 속에서 몇 가지 기법을 은밀하게 부린다.

우선, 이 작가는 작품의 주제를 클라이맥스나 결말 부분에서 하나로 묶어 서술하지 않고 열린 결말로 끝내기를 즐긴다. 이는 주제를 작품 전체에 골고루 숨겨놓았기에 굳이 결말 부분에서 강조하거나 서술할 필요가 없기 때문이다. 따라서 열린 결말로 마무리하는 대신, 독자가 그 후일담을 자유롭게 상상하도록 유도하는 효과를 챙긴다.

다음은 「꼬부기와 폼생이」의 결말 부분이다.

> "아빠가 분명히 잘못한 것은 알겠는데, 엄마가 좀 참아주면 안 돼요?'
>
> 초록은 동색이라더니 남편의 역성을 들며 아무 말도 못 하게 한다. 서로에게 상대의 잘못을 직설적으로 지적하면 누구에게도 동의를 얻기란 쉽지 않다. 자신들이 하나가 되어야만 잘 사는 길임을 일찌감치 터득해 버린 걸까. 꼬부기와 폼생이는 한편이다."

이 부분은 작가의 집안 풍경을 한 마디로 압축해 보여주는 동영상 같다. 앞서 언급한 것처럼, 결말에서 주제를 묶어 설명하는 대신, 대화와 상황 묘사에 심리적 행동 특성을 담아 이미지 형태로 암시하는 방식은 새롭고 신선하다.

이중액자는 주제를 효율적으로 수렴하고 구조에 안정감을 제공하며, 세련된 미적 울림통을 만드는 장치이다. 「어머니의 의자」와 「가을 순」에서 보여주는 이 미적 배열기법은 주제를 선명하게 드러내면서도, 예술적 울림을 증폭시키는 데 쓸모가 크다.

「어머니의 의자」의 도입액자는 어머니가 남긴 빨간 의자에 앉아 커피를 마시며 추억하는 이야기로써 내화에 동기를 부여한다. 결말에서 작가가 울컥하여 의자에 얼굴을 묻고 슬픔을 참는 모습은 그 절제된 행동으로 인해 오히려 독자의 파토스를 자극한다.

「가을 순」의 도입액자는 태풍으로 날아온 바닷물을 뒤집어쓴 바싹 마른 나무들이 내년 봄에 새싹을 낼 수 있을지 걱정하는 장면이다. 여기서 작가는 마른나무를 보조관념으로 선택하여, 어머니와 사별 후 혹독한 갱년기 증상을 앓고 있는 자기 이야기의 유추 대상으로 사용한다. 특히, '가을 순'을 자신의 이야기로 들려주는 아날로지 수법은 큰 울림의 파동을 자아내게 한다. 종결액자는 다음과 같은 묘사적인 문장으로 원관념과 보조관념을 알기 쉽게 통합시켜 준다.

"한 달이 지났다. 연초록의 잎이 벚나무와 산당화에서 하늘거린다. 뜻밖에 가을 순을 틔워낸 것이다. 태풍이 몰고 온 소금물에 절은 잎을 털어내고 여린 순이 얼굴을 내민 것이다. 그냥 시치미 떼고 겨울을 난 뒤, 내년 봄에 싹을 틔워도 되건만, 젖먹던 힘까지 내며 내년 싹을 미리 당겨온 것이다. '그렇게 애쓰지 않아도 돼, 힘들면 그냥 있어도 괜찮아.' 나무에 던진 말인지, 나 자신에게 건넨 말인지…."

이런 종결액자는 나무와 자신의 처지를 등가화하여 유추적 비유의 힘을 한층 더 선명하게 보여주고, 울림통을 강화하여 미적 설득력을 높인다.

대화 사용법도 대체로 정공법을 쓴다. 짧고 간결한 언어로 독특한 성격과 행동 특성을 보여주는 방식으로 인물을 형상화한다. 「팽나무」의 "모레 오너라", "어서 가거라", "괜찮다" 등의 짧고 강렬한 어조 속에는 아버지의 완강한 성격과 자식들에게 걱정을 끼치지 않으려는 속 깊은 배려와 사랑이 숨어있다. 따라서 그런 아버지의 마음을 알아차린 자식의 슬픔과 연민은 그만큼 증폭되어 독자에게 전달된다.

「어머니의 의자」가 보여주는 대화 수법도 주인물의 성격과 모성애를 보여주기에 적절하다. 어머니가 병상에서 삶에 대한 강한 애착을 보이면서 던진 한마디인, '5년만 더 살 수 있다면…!'은 패턴 형식으로 반복되면서 필자의 가슴에 못처럼 깊이 박힌다. 그 힘은 "제 생명의 5년을 어머니께 드리면 안 될까요?"라는 간절한 기도를 낳게 하는데, 그것은 하늘로부터 돌려받은 것이어서 더욱 강한 울림과 여운을 생성한다.

인물의 성격묘사 방식도 비교적 정석을 따른다. 이를테면, 성격을 직접 설명하기보다는 그 특성을 심리적 근거가 함유된 행동과 사건 등으로 보여줌으로써 리얼리티와 진정성을 강화한다. 이러한 행동과 사건 제시법은 묘사와 장면제시, 대화 등을 혼용하여, 인물의 성격을 입체적이고 사실적으로 보여주는 데 이바지한다. 다음과 같은 대목은 직유를 섞어 작가의 처지를 촉각과 시각 등의 공감각을 생성하여 생생한 그림으로 안겨준다.

> "그해 여름 나는 잠을 자다가 깨어나 수많은 밤, 찬물을 날마다 바가지로 끼얹었다. 마른 장작에 불을 붙인 것처럼 시도 때도 없이 뜨거워졌다. 찬물을 끼얹으면 내 몸에서 '파스스' 숯이 되는 소리가 들리는 것 같았다. 찬물이 몸을 타고 내려오면 발바닥에서 온기가 느껴졌다."

이것은 「가을 순」의 후반부에서 어머니와 사별 후 갑작스레 갱년기 증상이 찾아와 고통스러운 시간을 보내는 모습을 생동감 넘치게 고백한 장면이다. 그의 문장은 상투적이지 않고 풋풋하여 신선한 이야기 길을 낸다. 게다가 꾸밈없는 솔직담백한 문장들은 진실성의 밀도를 높이고, 체험의 깊이와 울림의 질을 높이도록 돕는다.

하지만 제재 통찰의 심화와 정교한 미적 배열의 함양이라는 과제를 안고 있는 것도 사실이다. 「가을 순」에서 텔레파시의 상황과 「어머니의 의자」에서 발견되는 에피퍼니적 소통 방식은 이 작가에게 몰입에 의한 영적 통찰력이 열려있음을 보여주지만, 더 많은 작품에서 심오한 통찰의 힘을 보여주길 기대한다. 제재 통찰의 힘은 결국 주제 인식의 깊이와 울림의 힘을 창조하는 핵심 동력이 된다는 점에서 중요한 탐구 대상이다.

미적 배열의 방식 또한 치밀하면 할수록 예술성(문학성)을 강화하고, 철학성과 주제의 논리적 설득력을 높여준다는 점에서 중요한 연구 대상이다. 「어머니의 의자」와 「가을 순」처럼 이중액자를 사용하여 구조적 안정감과 문학적 울림을 성공적으로 증폭시킨 작품도 눈에 띄지만, 더더욱 많은 작품에서 치밀하고 정교한 구성과 독창적인 미적 배열법을 궁리해 주길 기대한다. 그것이 수필 이야기를 감동적인 미적 텍스트로 형상화하는 기본 전략이기 때문이다.

4. 질적 수필을 위하여

모든 작가는 질 좋은 수필을 쓰려는 열망을 갖고 창작에 임한다. 그러한 지향의식에 작가의 창조적 노력과 실험적 도전이 덧보태질 때, 새로운 수필세계를 열 수 있다.

좋은 수필은 주제에 관한 철학적 설득력과 문학적 울림의 질적 통일에서 나온다. 작가는 이러한 질적 수필을 창조하기 위해 몇 가지 작법 상의 미덕들을 챙겨야만 한다. 첫째는 제재의 심층을 관통하는 관조와 통찰 능력을 함양하는 일이다. 이것은 제재로부터 심오한 철학적 의미를 뽑아내는 힘을 제공한다. 두 번째는 숙성시킨 이야기의 씨앗들을 예술적으로 배열하는 미적 구조화 능력을 궁리하는 일이다. 그런 노력을 통해 독자의 공감을 촉발하는 미적 울림통이 마련된다. 셋째는 개성 있는 수사와 담론화 기법을 탐구하는 것이다. 이런 전략들은 작품을 쓸 때마다 새롭게 혁신적으로 태어나야 한다.

수필작가로서 진영숙의 앞날은 밝고 희망적이다. 서정과 서사를 혼용하는 능력에 인간의 마음을 예리하게 읽어 내는 심리상담가의 전문성을 접목하면, 인간 탐구와 인간 이해에 남다른 능력을 보일 것으로 기대하기 때문이다. 섬세한 서정을 함유한 간결하고 소박한 문장도 앞으로 이 작가의 미래를 지켜보게 하는 요인들이다.

질 좋은 수필은 저절로 획득되는 게 아니다. 그것은 전적으로 작가와 소재가 하나 되는 우주적 관조의 경지에서 찾아오는 몰입적 글쓰기의 산물이다. 끊임없는 도전과 노력으로 자기만의 미학 세계를 구축하는 것은 작가들에게 부여된 필생 과제이다. 진영숙 작가의 두 번째 작품집을 고대하는 이유도 여기에 있다. 부디, 왕성한 창작으로 새로운 수필세계를 간단없이 열어 보이고, 독자들의 무한 사랑을 받는 작가로 성장하길 빈다. 첫 작품집의 출간을 축하한다.